JN106971

景子の青い海

服部達和 著

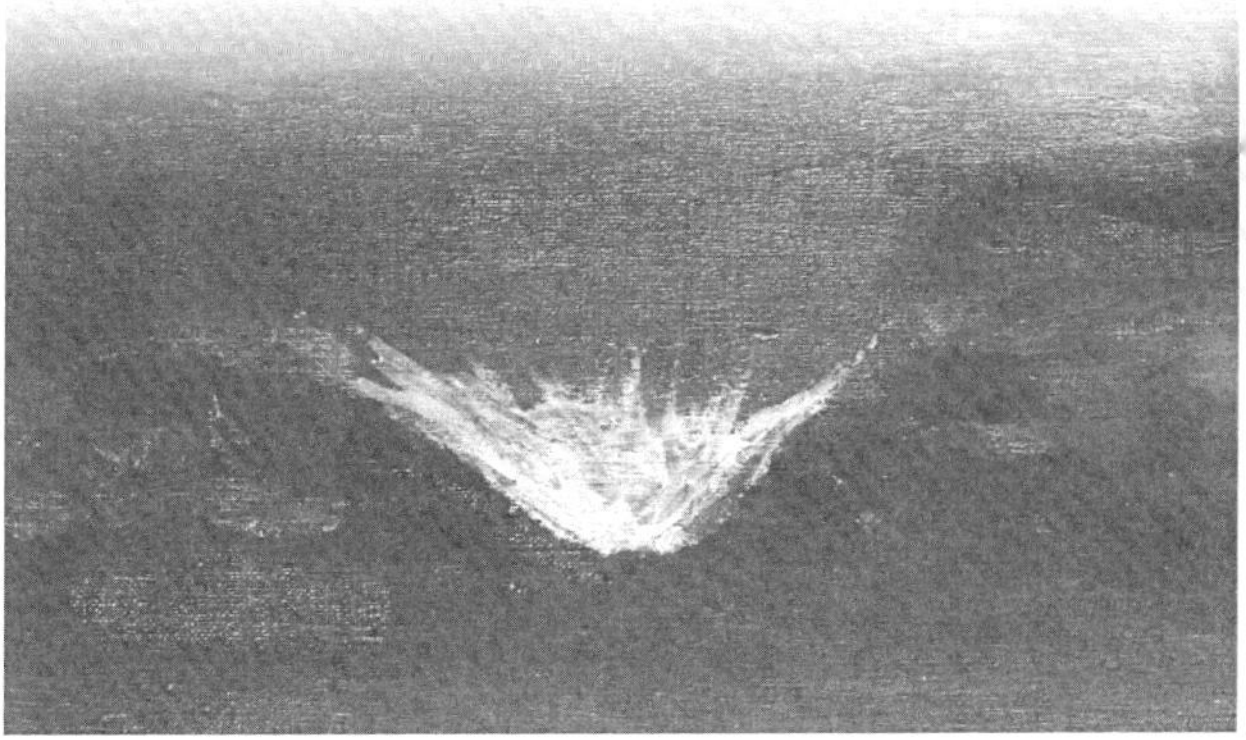

鉱脈文庫
ふみくら
33

目次

仁美の随想

私は渡辺仁美です。大学生です。先輩の新垣景子さんとは、とても気が合います。生き物や自然や宇宙等に興味があり、話が弾みます。先輩と後輩という友人関係になれたのに、残念ですが、景子さんはもうすぐ卒業します。気心が知り合えた景子さんへ、心を込めて最近の私の思いを書いてみます。

西暦二〇一九年十一月二十四日、ローマ・カトリック教会のフランシスコ教皇が長崎と広島を訪問され、核兵器廃絶に向けた力強いメッセージを発信されました。世界各国の指導者に核兵器廃絶を真剣に考え、取り組むようにと促しました。

三十八年前の一九八一年にヨハネ・パウロ二世が来日されて以来二回目のローマ教皇の訪日だったそうです。

世界では数カ国が核兵器を保有し、戦争を抑止するための核保有だと言っていますが、教皇は、核兵器を含む大量破壊兵器の保有そのものを厳しく非難しました。十三億人のカトリック信者だけでなく、世界中の人々が教皇の言葉に注目していますので、その言葉の重要性は絶大です。唯一の原子爆弾の被爆国である日本が、核兵器禁止条約に賛同していないのは本当に残念です。日本政府は核兵器禁止条約に署名した上で、「核兵器保有国と非保有国との橋渡しをしたい」と言ってほしいものです。

日本の軍事費は年々上昇していますが、政府はもっと世界の平和に努力し、国の予算は生活に苦しむ人々のために使用してもらいたいと思います。

話は変わりますが、私は社会人学生の人を介して新垣景子さんと知り合い、より良い先輩後輩としての友人となりました。景子さんは読書が好きで、多くの愛読書の中から、浜尾実著『あすへの心』という本を、私に読むようにと手渡してくれました。その本を読んで、私の感想を書いていきます。

著者の浜尾実氏は大正十四年東京生まれの旧東宮侍従の方です。令和時代の天皇陛下がまだご幼少の頃は浩宮と呼ばれ、秋篠宮が礼宮と呼ばれていた時の侍従でした。

最初の項は「公徳心」です。

「公徳心」「社会道徳」は子どもの頃に家庭でのしつけが大切だと書いてあります。「おはようございます」という朝の挨拶、食事前後の「いただきます」「ごちそうさま」等の言葉は習慣となって口から出るようにしてほしいのですが、大切なのは言葉を言わせる心であるようです。「真理を愛して虚偽を避け、正義を求めて不正をきらう心、善に親しんで悪を憎む心を子どもたちの心のなかに育ててあげたいものです」と書いてあります。

「心の平和とは、激しく押し寄せる波風や、苦しみや悩みと戦っても負けないように、自分と戦うことであり、自分の弱さに勝つことなのです。これこそ心の平和といえるものでしょう」

「小さくて弱いわたしたちにも、自分だけに恵まれたよいものがたくさんあります。それらをせいいっぱい使って自分を高め、他人にも役だたせたい。そういう心をもって、あせり、憎しみ、しっと、あらそい、いきどおり、心配などに打ち勝ち、わたしたちの心に平安、喜び、愛徳、寛容、忠実、柔和、節制を満たそうではありませんか。そして家族や学校や職場で接する、すべての人に平和をもたらし、平和を伝えようではありませんか」とも書いてあります。

この「公徳心」という項では、子どもに挨拶をする習慣が身につくように、家庭で躾けてほしいと言っています。しかし、日本の現実社会では、ニュース等で、子どもを狙った犯罪が報道されることもあり、「知らない人に声を掛けられても返事をしてはいけませんよ」と指導されているので、小学校の登下校時に、私が小学生に「おはようございます」や「さようなら」と言っても、以前に比べると小学生から挨拶の返事が返ってくることは極端に少なくなっています。

次に、真理を愛するとか、正義を求めるとか、善に親しむとか書いてありますが、現在の日本では、以前と比べると、やはり「真理」「正義」「善」等の優位性が少し低くなっているような気がします。

その次の「心の平和」では、自分の弱さに勝つことが大切だとありますが、私の考えでは、自己の実現のために、自分の弱さを知って、その弱さに勝つことが大切だと思っていますので、小学生や中学生や高校生等の若い人々には、多くの人々に理解してもらって、己に勝つことの大切さを知ってほしいと思います。

「公徳心」の次の項は「親の顔が見たい」です。

「社会道徳はこの家庭教育の応用問題といってもいいのですから、家庭でしっかり教えられたことは、社会でも自然に行うことができるようになるものです」

「子どもの教育、しつけに目くじらをたてているおかあさま、おとうさま、あなたご自身の行動を鏡に映したことがあるでしょうか。あなたがたが、『あの子はどうも困った子だ』『しつけはじゅうぶんなはずなのに』と不思議に思われるとき、ご自分の姿をふりかえってみてください。子どもにとってはなんといってもまず親こそ身近にあるお手本です。親がすることはまねするし、親がしないことは絶対しないものです」

「お友だちとは仲よくするように、口がすっぱくなるほど子どもに教えても、おとうさま、おかあさまがけんかばかりしていてはなにもなりません。また、人の悪口をいってはいけないといいながら、おふたりでお隣の人のうわさ話、はては悪口ばかりいっていてはどうにもなりません」

「他人を教えることは、自分自身を教えることです」

「礼儀や、よいこととわるいことの判断、小さいがまん、人に親切にすること、人の迷惑になることをけっしてしないこと、正直であること、正義を愛することなど、を教えたいと思ったら、まず親が実行しましょう。そうしたならば子どもに教えるときにも毅然たる態度で教えられるにちがいありません」

「よくできたときは、心からほめてあげ、励ましてあげたいものです。身についたしつけこそ、子どもたちにとって生涯の宝物であり、最も価値ある持参金ではないでしょうか」

　等の言葉が書いてあります。家庭内で子ども達に指導するにも、まず両親が仲良くし、他人の悪口を言わないことが大切だと思いました。たとえ両親の子ども達であっても、良い行動は褒めてあげ、励ましてあげることも大切だと思いました。子どもを立派な人に育てたいのなら、大人がまず立派な人となるように努力し、子ども達に良い手本を示すべきだと思いました。

三番目の項は「父親の権威」です。

私は、人におごそかな気持ちを起こさせるような重々しいようすの父親のことが書いてあるのかと思いましたが、そのような堅苦しいものではありませんでした。「真に権威ある父親とは、どんな父親でしょうか。『人生の知恵』ともいうべきものを教えることのできる父親なのです。『テストの点数のことでパパはおこらないよ。だけど、毎日勉強しているかどうかはやかましくいうよ』『たいせつなのは、結果ではなくて努力することなんだよ』といったようなことを子どもに理解させたいのです。

あるいは、『気のきいた返事はできなくてもいいから、自分でわかるまでじっくり考えなさい』『おそくても不器用でもかまわないから、誠実にやりとげなさい』『有名になったり、お金持ちになることが人生の目的ではない。人としてりっぱになること、平凡な質素な生活のなかで、自分を高めることが目的なのだ』このようなことを子どもに教えたいものです」

「子どもにだけでなく、父親自身がかつては努力した、そしていまも努力しているその姿を子どもが見ることができてこそ、ほんとうの意味の権威がそなわるのではないでしょうか」

「母親が父親の権威をないがしろにしないように、言動にこまかく注意していただきたいということです。ある家庭でのこと、子どもの質問に父親が答えられないのを知った母親は、機転をきかして、『パパはお忙しいのよ。さあ、ママと考えてみましょう』といって、子どもの手をとるのです。かりにもそのとき『あら、パパはダメねえ』とばかりに、父親をバカにするような態度をとっては困ります。逆にまた、『パパにうかがってみましょうね』と母親がいつも教えておき、その結果、『パパがおっしゃったのだから、ほんとだね』と、子どもが自然にいえるようになったら……、それはすばらしい家庭ではないでしょうか」

そのような言葉から、父親自身が誠実に人生を送り、子どもが立派に成長するように援助してやることだと思いました。母親も子どもの前では父親を立ててほしいとありますが、そのためには、普段から両親が仲良くしていることが大切だと思いました。

四項目「がまんすること」

「わたしはがまんするしつけは早ければ早いほどいいし、このしつけは子どもたちだけに押しつけるのではなく、まずわたしたちおとなから実行しなければ、けっして効果はないものだと思います」

「意志を強くすることは、がまんすることによって、少しずつ自分のものにすることができるものだと思います」

「一回やったからもういいというのではなく、一日に何度も、そして毎日つづけて習慣になるまで自分の弱さと戦うことです」

「何度ころんだかが問題なのではない。ころんでも立ち上がることである」

「よく訓練された意志と感情ほど美しいものはないし、また、そのような調和のとれたときこそその人でなければならない味わいが出てきて、むしろ最も個性的とさえいえるのだと思います」

このような言葉を読むと、強い意志を持つために、自分の弱さと闘い続け、調和のとれた人生を送り、子ども達に良い習慣を身に付けさせるには、大人が実行していかなくてはいけないのだなと感じました。

五項目「一年の計は元旦にあり」

「人間として何がいちばんたいせつなことなのか。わたしたちの人生は、何のためにあるのだろうか。わたしたちが、この世に生をうけたのは何のためなのだろうか。こういった根本的なことから真剣に自己の将来の計画を立てるところに、はじめて人間らしさが盛りこめるものであると思います。しかも、それをできるだけ具体的に自分自身にあてはめて考えてみることがたいせつだと思います」

「人間としてりっぱであること。調和のとれた人格をつくりあげること。これが人間の、そして人生の第一の意義であると思います」

「失敗をしないことよりも何度失敗しても、そのたびに立ち上がることがだいじなのです。こんなときこそ、『大いなる反省と大いなる決心』の繰り返しが必要なのです」「調和のとれた人間性の完成を目ざして努力する人生、これこそあなたの人生をより豊かに、より充実した有意義な日々を約束してくれるのではないでしょうか」

この項では、私達の人生で何が大切で、どのように生きていけば良いのかが書いてあると思いました。調和のとれた人格をつくることは、本当に難しく大変なことだと感じています。人生には失敗は付きものですので、失敗を克服出来るまで、何度でも立ち上がることが大切だと思いました。

六項目「生きがい」

「長いようでけっして長くないわたしたちの人生——その人生を終えるとき、あなたが、『ああ、わたしは自分の人生を悔いなく生きた』と、心から叫ぶことができたとしたら、どんなにしあわせなことでしょう。

しかし、人生といっても、それは結局一日一日の積み重ねなのですから、人生の終わりにこういえるためには、毎日の終わりに、『きょうもまた充実した一日を送れた。わたしはきょう一日をせいいっぱい生き抜いた』と、心からいえるかどうかによって、人生を悔いなく生きたかどうか決まるといっていいでしょう。子どもたちが寝静まった夜ふけ、かたづけものを終わってホッとしたひととき、一日をふり返ってみてこのようにいえるあなただったら、あなたの一日は、いや人生はほんとうに生きがいのある輝かしい人生であるにちがいないと思います」

「人間としていかに生くべきかという目標がほしいと思うのです。自分自身がより人格を高めることであり、人のため、世のために働く人生に生きがいを見いだしてほしいのです」

「より自分を高めるということは、どんな立場にあっても、またどんな境遇にあろうとも、人として調和のとれた正しい人になることが大きな目標です。このことはどんな職業の人でも、どんな地位の人でも、男でも女でも変わりないはずです」

「あなたによい経験があれば『与えることのしあわせ』つまり、『自分のような小さな弱い者でも、社会のために役だっている』『自分はあの人にとって必要な存在なのだ』という喜びを心の奥底から感じるはずです」

「どうか、笑い声の絶えない心豊かな人生をすごすためにも、正しい、より高い生きがいに生きてください」

このように、浜尾実氏の『あすへの心』という本は、私達がどのような心掛けで生きていくと良いかという指針が書かれています。私がここに紹介したのは、前半のほんの一部に過ぎないのですが、読んでいくと、沢山のより良い生き方が書いてあります。

浜尾実氏は旧東宮侍従でしたので、昭和時代に浩宮、礼宮の教育係でした。平成時代には浩宮が皇太子、礼宮が秋篠宮となられ、令和へと元号が移ると、皇太子は天皇陛下となられました。ご幼少の頃から、御両親以外にも多くの素晴らしい方々と接してこられたのだろうと思います。

時代は令和となりましたが、私や先輩の新垣景子さんは平成の生まれです。私が思うに二十一世紀になり、世界は大きく変化していると思います。

まず、コンピューターが日進月歩の勢いで進化し続けています。インターネットで世界中の人々と接続出来るようになってきています。スマートフォンで、紙による辞書が無くても、私達の知りたい多くのことが短時間で検索できます。

人類の乗り物も、船舶、鉄道、自動車、飛行機と開発され、ロケットで地球を脱出し、人工衛星も地球を回っています。そして、宇宙探査機が、地球から遠く離れ、任務を果たし、地球へ帰還するとは、人類の宇宙科学技術が驚異的な発展を続けていることを証明しています。

しかし、このように科学技術が発展し、物質的に私達の生活が豊かになっていることと反比例して、実は地球の自然環境が破壊され続けているのではないでしょうか。

フロンガスは人体に全く害が無いと言われていて、冷蔵庫の冷却用触媒として使用されていましたが、冷蔵庫解体時に空気中に放出されたフロンガスが地球のオゾン層を破壊していることが判明しました。

他にもあります。建物に使用されていたアスベストは耐火性が高く、保湿性も高いと言われていましたが、建造物解体時の粉塵《ふんじん》が肺癌《がん》等人体に害が有ることが分かりました。

最近大問題になっているのは、プラスチック塵《ごみ》の海洋汚染です。プラスチックは私達の生活に長年浸透し、便利が良く、世界中で珍重され続けてきています。それが海洋の多くの動植物に害を与えていると言われています。きっと海洋だけでなく、陸上でも害が有るのだと思います。

地球は人間だけのものではありません。人間の都合によって、人間の便利さや快適さだけを追求していくと、自然環境が悪化していくように思われてなりません。

人類には優秀な人が多く、長い人類の歴史の中で人間の英知が蓄積し、人工知能のような、二十世紀には出現が不可能と思われたような、人間の能力を超《こ》えたかのようなものまで出現させました。そして人型ロボットまで造っているので、更に人型ロボットを進化させ、人工知能を合体させると、将来人間を超えるのではないかと想像されます。このように科学技術が進歩してくると、現在の地球温暖化や環境汚染も、人類の優れた科学技術によって、危機を乗り越え解決出来るのではないかという気持ちにさえなってしまいます。

でも、本当に地球温暖化や環境汚染等の問題が解決出来るのでしょうか。あくまでも私自身だけの考えなのですが、人間の科学技術での全ての解決には限界があるのではないかと思います。

私達人類は猿人、原人、旧人、新人と進化してきているようですが、新人となったのは約二十万年前ではないかと言われています。地球誕生の四十六億年前と比べると、本当に短い歴史です。人類誕生よりずっと以前から地球上には、微生物や植物や動物等が生きてきています。火の玉として燃える惑星として誕生した四十六億年前の地球には、もうその時から生命の源が含まれていたのではないでしょうか。二十一世紀の人間は確かに人型ロボットも造り、人工知能も開発してきています。でも、人類誕生以前から地球上で生存し続けている生命は、残念ながら人間には創れないのです。人類は地球上の生命のほんの一部なのだから、様々な生命を育み続けている地球の環境を汚染してはいけないのだと思います。

このような考えは、先輩の新垣景子さんの影響を受けています。新垣さんは同級生の社会人の人と宇宙等について話していたらしいのですが、新垣さんの話し相手が、私の方へ段々と向かってきているようです。

次の宇宙のことも、新垣さんと話していて新垣さんから聞いた話です。

約百三十八億年前、ビッグバンによって宇宙が誕生したと言われています。その後私達の太陽が誕生するまでに八十八億年もかかっています。私達の太陽系の惑星が誕生していくのに、ビッグバンから九十二億年もの年月が経過していき、私達の碧《あお》く美しい地球が誕生したようです。その当時は当然まだ碧くなく、燃える火の惑星だったそうです。その火球の中に生命の源が含まれていたのだと思います。

宇宙は無限に広がっているので、宇宙中に生命の源が存在しているはずです。でも天の川銀河の端を、私達の太陽系が回転していき、太陽系の中心の太陽を公転している地球だけが、奇跡的な太陽との位置関係になっていて、生命が誕生していったようです。

人類がこの美しい地球を壊してはいけないのだと思います。現在の地球温暖化は現在の人類によって解決しなくてはいけません。地球は活動しているので、大陸の移動や地下の地層の移動、海洋の流れ、大気の変化等をもっと科学的に研究していき、自然災害がどのように、いつ、どこで、どのくらいの大きさで発生するのかを地球上の人々に伝達出来るようになるといいと思います。現在でも、災害の予測はある程度出来るのでしょうが、地球温暖化が災害の大きさや頻度を増やしているのだと思います。

日本は石炭による火力発電所を造り続けているので、世界から批判されています。何とかより良く解決出来る方法はないのでしょうか。日本人が消費電力を減らしていくことは出来ないのでしょうか。移動や運搬等に使用されるガソリンや石油等の燃料の利用をもっと減らしていくことは出来ないのでしょうか。

私は時々新垣景子さんと環境問題についても話します。すると新垣さんはよく「単純に考えればいいんです。でもね、そう簡単に物事は進まないと思うようになったの」と少し物思いに耽《ふけ》るような表情になります。そして言うのです。

「諺《ことわざ》に『無理が通れば道理引っ込む』というのがあるでしょう。各国の大統領や総理大臣、大会社の元会長や元社長等のそれぞれの代表者の行動をみると、一般的に不正であると思われることでも、自分の言い分を無理に通してしまうことがとても多いと思うのよ。こんなことがまかり通ると、正しい主張が通らなくなるような気がするの」

そして付け加えたのです。

「小学校では、先生が子ども達に『嘘をついたち誤魔化《ごまか》したりしてはいけませんよ』とか、『友達と仲良くしましょうね。苛《いじ》めたりしてはいけませんよ』と言っているのに、国や会社等を代表するような人々が嘘をついたり、他国を脅したりしている姿を見ると実に情けなくなるわよね」

新垣さんと話していると、私も世界の現状が心配になってきます。ある国の大統領は、まず他国に対して圧力をかけ困らせ、問題を複雑化させます。その後、自分のペースで解決へと向かっていき、最後は相手が悪く、自分が正義であるかのように振る舞います。日本でも、苛《いじ》めの問題が多発し、解決策が講じられましたが、なかなか苛めはなくなりません。

差別をする原因の一つに、一般と違うからと言われたりしますが、発達障害者だったと言われる人達の中にも、立派な業績を残した人はたくさんいます。アフリカ西部や南アメリカで流行した悪性の伝染病に黄熱病という病気がありますが、日本人の医師野口英世はアフリカの地で黄熱病の治療の研究をしたということで有名です。

特殊相対性理論で有名なドイツ生まれのアメリカの理論物理学者アインシュタインも発達障害が有ったそうです。音楽界ではオーストリアの作曲家、ウィーン古典派を代表するモーツァルト、映画界では巨匠スティーブン・スピルバーグにも発達障害が有ったと言われています。多くの一般的な人々と違っていたとしても、素晴らしい才能が隠れているのではないでしょうか。

先輩の新垣景子さんはもうすぐ卒業し、社会人となっていきます。同学年の友人達とは少し違った考え方を持っています。新垣さんの考え方の良い一面を私も受け継ぎたいと思っています。新垣さんと同学年の社会人の小父さんからの影響もあるようです。

新垣景子さんは小父さんのことを『警察官達との闘い』という小説に書いたらしいのですが、小父さんは、その後も東部警察からマークされ追跡が続いたようです。それらの話を小父さんから聞いた新垣さんは、菊池寛の『形』という短編小説が頭に浮かんだそうです。『警察官達との闘い』では、小父さんの名前を「福山涼真」としたらしいのですが、これには小父さんからクレームがついたようです。少し格好良過ぎるので、名前だけでも「寅次」にしてほしいということでした。映画『男はつらいよ』の車寅次郎は人情ある人なので、名前の一部を借りて、「福山寅次」と決めたようでした。

負のスパイラル（螺旋《らせん》）

一

過去から学び、未来に希望を持ち、現在を精いっぱい生きる。

新垣景子は現役の大学生である。高校生の頃は普通に好きな人に片思いをしたり、学校の勉強も特に怠けることもなく、学校の方針に合わせて勉強を続けていた。そのような平凡な高校生活を過ごし、第一志望の大学に合格し、大学でも有意義な学校生活を送っている。

多くの人達と違うところは、母一人娘一人の母子家庭である。母親が一生懸命に育ててくれているので、母親には感謝している。物心ついた頃には父親はいなかったので、父親がどんな人かは全く知らない。では、父親がどんな人なのかを知りたいかというと、そうでもない。景子の心の中では、まず自分がいて、頑張っている母親がいる。そして、平凡な子ども時代があり、平凡な学生時代が続いている。もし自分が母親に「私のお父さんはどんな人なの」と聞いたとしたら、母親が困るだろうと思っているわけでもない。特に父親のことを知りたいとは思わないからだ。一般的には、片親だけに育てられた子どもは、もう一方の親はどんな人だろうと考えられがちだが、景子に関しては、全くそんなことはない。

景子は生き物が好きだ。植物も動物も好きだ。でも、子どもの頃から犬や猫などのペットを飼いたいと思ったことはない。犬の先祖は狼であっただろうし、猫の先祖は山猫であっただろうから、犬や猫も自然の中で暮らせばいいと思っている。

景子が大学に入学して、まだそんなに期間が経過していない頃のことであった。大学構内に図書館があり、景子は図書館の閲覧室で平安時代に書かれた『堤中納言物語』を読んでいた。その中に『虫めづる姫君』という箇所があり、その部分を読んでいた時、一人の男性が景子に声をかけた。

「あなたが読んでいるその本は、『堤中納言物語』の『虫めづる姫君』のところではありませんか」

景子にとっては、どうしてその男性が、自分の読んでいる本の題名や内容が分かったのか不思議で、一瞬あっけに取られてしまった。

そこで景子は――

「どうして分かるんですか」

と聞いた。すると、その男性は、

「その本は私も以前読んだことがあるし、あなたの雰囲気が『虫好き』であるようだし、その本があなたの有り様《よう》と近いと思ったんですよ」

と答えた。景子は、その人が景子が読んでいる本の題名を当てたのはすごいと思ったが、その人は更に、

「何故《なぜ》か、あなたは私の娘のような気がしましてね」

と言い残して、閲覧室から去っていった。

景子はその男性のことは少しは知っていた。一般教養の講義の時間には、教室の前列で授業を受けていて、その人の後ろ姿はよく見ていた。ということは、景子と同学年ということになる。年齢はよくは分からないが、一般的に言って中年である。

その男性の名前は福山寅次といった。寅次は一般社会で既に働いていた。ところが、ある出来事をきっかけとして、景子の入学と同時に、この大学に入学してきたのだった。社会人入学の大学生である。寅次に家族はいない。独身である。松竹映画、山田洋次監督の寅さんシリーズ『男はつらいよ』のフーテンの寅こと車寅次郎に似ている。寅さんはふらりと旅に出て、辿《たど》り着いた旅先で美しい女性に恋をする。寅さんは情のある人で、相手の女性とも結構うまくいきそうになる。でも、最後は

その女性に振られて一人寂しく帰っていくのである。片思いをして恋心にはすぐに火が点《つ》くのだが、どうしてだか旨《うま》くいった例《ため》しがない。では、景子に対してはどうかというと、結婚も出来ていないのに、自分の娘のように感じるのである。では、逆に景子は寅次に対してどのように思うのかというと、寅次が「何故《なぜ》か、あなたは私の娘のような気がしましてね」と言ったためか、景子も寅次を自分の父親のように思うようになったのだった。

本当の親子ではないのだが、考え方に共通するところが多かった。二人共に自然が好きである。海も山も好きだし、青空も白い雲も太陽も、夜空の月も星々も好きだ。植物や動物など生き物も好きである。

学校の図書館の玄関を出ると、そこは少し広場になっていて、中央は芝生の緑が広がり、縁には季節ごとに色々な花が植えられている。そして芝生の広場を囲むようにベンチが配置されていた。

数日後、寅次が図書館の壁側のベンチに座っている時だった。景子は、寅次が図書館の閲覧室から去っていく時残していった寅次の言葉が気になっていたので、寅次に近づいていった。景子が近づいて来るのに気づいた寅次は、

「あっ、この前、図書館で『虫めづる姫君』を読んでいた娘さんだ」

と、驚いたような、少し嬉しそうな様子で話しかけてきた。景子は、図書館の中での寅次の最後の言葉がどういうことかを聞けるのではないかと思い、寅次に会釈をして、ベンチの寅次の横に腰を掛けた。

「小父さんが図書館から帰っていく時に、『あなたは私の娘のような気がしましてね』と仰《おっ》しゃったじゃないですか。それはどういう意味なんですか」

と、景子は少しぎこちなく聞いてみた。

季節は春から夏へ向かおうとする頃だった。吹く風は心地良く、二人の前を通り過ぎる学生達も朗らかな雰囲気を醸し出しながら、それぞれの目的地へと足を運んで行った。確かに景子と寅次の学部は違ってはいたが、希《まれ》に一般教養の教科で同じ講義を受けることもあった。景子は友人達と一緒に、教室の後部座席で気楽に受講することが多いのだが、寅次は前列で受講するので、寅次の後姿から、それとなくその人だろうと景子には想像がついた。

先日の図書館の中での寅次の言葉に対し、景子は何か特別なものを感じたのだが、それが何だったのかは、はっきりとはしていなかった。

「実は私には本当の娘はいないんですよ。私が一般的に普通に結婚していたなら、ちょうどあなたのような子どもがいたんじゃないかなあと思ってね」

と寅次が答え、もう少し説明が必要だと思ったのか、
「あの時、あなたを見て、虫を好きなのではないかという気がして、ちょっと素朴な感じもして、生き物に真っ直ぐに向き合う人じゃないだろうかと思ったんですよ」
と付け加えた。

寅次の言葉を聞いて、景子はけっこう自分の本質を捉えているのかもしれないと思った。

人間は言葉でもって、より正確に自分の気持ちを伝えないと、なかなか自分の言いたいことが相手に伝わりにくいものだ。家族の場合はけっこう長い間一緒に生活しているので、他人と比べると、少しは気持ちが伝わり易いということになる。本来、景子と寅次は他人であるにも関わらず、お互いに共感出来そうだと感じるのは、交わす言葉は少なくても気持ちが伝わり易いということになる。寅次が、景子を自分の娘のように感じたということは、人間としての生き方や考え方にかなりの共通点がありそうである。

そのような出会いがあり、一般教養でも同じ講義を受けていることもあり、時々お互いに話すようになり、人生の話や世の中の出来事などについて話す機会も多く

なっていった。寅次が景子を自分の娘のように感じているようなので、景子も段々と自分の父親のように感じるようになっていった。

このようにして、入学して間もない頃から二人はよく話をしていたので、段々とお互いがどのような考え方をしているのか分かるようになっていったのだった。

しかし、本当の親子であったとしても、親と子どもの考え方は違って当然である。まして景子と寅次は、本来は全くの他人である。では、二人にはどのような違いがあるのか。景子に比べると、寅次の方が人生経験が長い。ということは、人間関係において、相手との意見の食い違い、考え方の違いや対立、更に悩みや苦労もたくさん経験しているということだ。でも、寅次の良いところは、自分が正しいと思っていることでも、年下の景子に押しつけるのではなく、あくまでも景子の気持ちを大切にして、しっかりと相手の意見を聞くというところを持っていることであった。一方、景子の良いところは、他の人から悪口を言われようとあまり気にせずに、信頼出来る人にだったら、何でも自分の考えや思いをそのままに伝えられるということだった。

そのような二人の関係だったので、景子も寅次も自分の気持ちを素直に伝え合っていた。二人の考え方には共通点が多かったのだが、はっきりとした違いもあり、その相違点はなかなか埋めることが出来なかった。寅次はいろいろな人生経験から、人間関係や社会は実に複雑であり、人々の意見は異なり考え方は食い違っているので、多くの人々が気持ちを一致させて同じ方向に進んでいくのは難しいと考えている。

スポーツで同じチームで気持ちを一致させたり、政治や社会活動などで同じ気持ちの人達が協力したりすることは、寅次も認めているのだが、スポーツのチームにはそのチームに対抗する別のチームがあり、政治や社会活動などでも、それらに対立する対抗勢力があって双方が激しく対立し合っている。スポーツの場合で、日本のチームが外国のチームと対戦する時に、日本人の中にも日本チームにではなく相手チームを応援する人がいるはずだと、寅次は考えてしまうのである。

そのことに関して、景子は次のように考えている。多くの日本人は当然日本チームを応援するが、日本人であっても、対戦相手の外国チームを応援する人がいたとしても、それはそれでいいではないかと考えるのであった。そんな人がいても当然だと思うのだ。

景子は寅次からいろいろな話を聞いているので、人生や人間関係が複雑だということは分かっている。でも、それで悩むことはないと言いたいのである。人は考え方が変わるものだが、その時その人が正しいと思っていれば、その正しいと思うことに向かって、単純に進んでいけばいいと考えている。寅次もこの景子の考え方に対して、羨《うらや》ましいとは思うのだが、この世の中ではそうはいかないと言いたいのだった。でも景子は言った。

「広島や長崎では、太平洋戦争で原子爆弾が投下された後から、ずっと世界中から原子爆弾を廃絶しようと言い続けているではありませんか。アメリカやロシアなど数か国が核兵器を保有する中、なかなか原子爆弾の廃絶は難しいと思うのです。でも、正しいと思うことを言い続けることは、本当に大切だと思うのです」

寅次にも、景子の言おうとしていることは十分に分かる。それでも、現実の世の中は矛盾していることが実に多い。人によっては、一年間働いただけで、その家族全員が生涯何不自由のない裕福な生活を送れるような高収入を得ている人がいる。それとは反対に、世界中に、その日一日の食糧を手に入れることも大変な人々もたくさんいる。このような世界の貧富の格差も、世の中の矛盾の一つだ。また、あまり努力をしていなくても、幸せな生活を送っている人がいるのに、一生懸命に頑張っているのに、不幸の続く人も確かにいる。

螺旋《らせん》階段を上へ上へと上っていく人はいいが、反対に下へ下へと下ってしまう人もいる。負のスパイラルを下り続けるのは辛いが、人によっては、なかなか負のスパイラルから逃れられない人もいる。

景子は普段は同じ学部の友人達と大学生活を送っているのだが、時に一人になった時には、よく図書館に行くので、寅次に会うことが多かった。二人は動物や植物や宇宙のことなどをよく話した。そして人生についても話した。しかし、寅次がよく図書館を利用することは、あまり話をしてくれなかった。大学の後期は早く終了するので、春休みは長い。二年が終了した春休みに、寅次に大変な出来事が発生してしまった。

寅次は、子どもの頃から警察官に対し好印象を持ち続けていたのに、自分でも信じられないことが起こってしまった。それは、警察官達と闘わざるをえなくなってしまったことである。闘いたくはなかったが、権力による圧力に屈するわけにはいかなかった。結局は警察官達との実力による闘いとなってしまった。それは大学構内で、次のような出来事があったからである。

春休み中の二月だったので、景子も寅次もまだ大学二年生だった。同学年の教育学部に堀北春香という学生がいた。彼女が寅次のために、英語の教授と連絡を取ってくれたことがあった。その当時、寅次は小学生の英語教室を開きたいと思っていたので、アルバイトで英語を教える学生を探していた。春香の尽力で、教育学部三年生の北川結衣がアルバイトをやってくれることに決定した。しかし、年度が明けた四月になっても、四年生になった北川結衣が寅次が予定していた教室には姿を見せず、この寅次の計画は実現しなかった。何故《なぜ》か。それは、学生課の一人の事務職員がこのことに、英語教授に対し苦情を突き付けたのだ。そして、結局は寅次と北川結衣との約束は破棄となってしまった。

夢が断たれた寅次だったが、協力してくれた堀北春香と北川結衣にお礼のお菓子のプレゼントを渡してほしいという申し出をした。しかし、その申し出も断られてしまい、寅次は落胆して帰途についたが、幸いにも乗馬クラブの綾瀬麻希が快く二人分のお菓子を受け取ってくれた。冷静に考えてみると、突然であったとしても、二人分のお菓子のプレゼントを貰ったのだから、麻希が喜ぶのは当然のことだ。

それを寅次は、『男はつらいよ』のフーテンの寅さんではないが、「麻希さんはいい人だなあ」と思ったのである。寅次は麻希がお菓子を受け取ってくれたことが本当に嬉しかった。

「えっ、貰ってもいいんですか。私からは何も出ませんからね」と、明るく言った麻希の言葉が心に残った。

丁度《ちょうど》その頃、寅次が十年前に契約していた保険の期限が終了するという通知の書類が届いた。新年度となり、景子も寅次も三年生になってはいたが、この時点で二人はまだ会っていなかった。保険の書類を書いていく中で、寅次は一つだけ、どうしても記入出来ない箇所があった。それは五年間の返還期間中に本人が死亡した場合の残金相続人の項目だった。死亡時残金相続人として綾瀬麻希の顔が浮かんだ。

「そうだ明日、もう一度麻希さんに会って、お願いしてみよう」

と思い、次の日、乗馬クラブの活動場所へ行ったが、まだ麻希は来ておらず、浅田真凛という新入生だけがいた。寅次は真凛に事情を話し、なぜ書類に麻希の名前を書いてほしいのかを伝えた。ほぼ全てを伝えたところに、麻希が姿を現した。寅次は真凛に伝えたことと同じことを話し、書類に麻希の名前を書いてほしいと願い出た。しかし、麻希は断り、部室の方へと歩いて行った。少し離れた所から、真凛は心配そうに二人の様子を見ていたが、麻希が離れた後、寅次に近づいて行って、「どうでしたか」と聞いた。「だめでした」寅次は、そう答えるしかなかった。

ところが、麻希が寅次の要望を断ったことを知った真凛は、寅次に対し気の毒に思ったのか、逆に快く受け入れてくれた。

「もし私の名前で良かったら、その部分に書いてもらってもいいですよ」

寅次は書類を提出出来ずに困っていた。真凛が協力してくれれば、本当に助かる。真凛の言葉は、寅次の気持ちを救ってくれたし、本当に嬉しかった。

書類に真凛の名前を書いてもらおうとした時だった。乗馬クラブの数名のメンバーが二人の所まで来て、

「真凛さん、麻希さんが部室で呼んでいるよ」

と伝えた。もう少しで、この件が終了しようとしたところで、乗馬クラブの数名のメンバーが二人の間を引き離した。この寅次の件を知っているのは、真凛以外では麻希だけである。確かに麻希の気持ちは複雑ではあった。生命保険の残金相続は、そんなに簡単に受け入れを了承出来るものではない。麻希としては寅次の要望を断るのは当然であった。その後、麻希は部屋に戻ってしまっていたので、真凛が寅次の要望を受け入れていたことは、まだ正確には認識していなかった。でも、寅次と真凛が話し合っている様子を見て、ひょっとして真凛が了承したかもしれないと感じ取ったのか、麻希は他の部員達に頼んで、真凛を部室に呼んだ。

その部員達が真凛に声を掛けた時、真凛はまだ書類に自分の名前は書いていなかった。真凛は寅次に、「すぐに、戻ってきます」と言い残して、麻希の待つ部屋へ

と向かって行った。

寅次は、その場に立ち尽くしたまま、真凛が帰ってくるのを待ち続けた。

部屋に来た真凛に対し麻希は、生命保険の記入欄に、真凛の名前を書いてもいいと言ったのかどうかを尋ねた。真凛は少し戸惑ったが、嘘を言うわけにもいかなかったので、正直にそのことを伝えた。真凛は言った。

「あの人が困っていたし、麻希さんが書類に名前を書いてあげないのなら、私の名前を書いてもらってもいいと思ったんです。私の方から名前を書いてもらっていいですよと言ったんです。しかもまだ話の途中なのに、みんなが呼びに来たので、あの人はそのまま私を待っているのです。あまり待たせたくないのですが……」

麻希は、衝動的にこの件を成立させてはいけないと思った。麻希は自分が断ったのに、真凛が記名することは、どうしても容認することは出来なかった。自分でも複雑な気持ちだった。全くの他人だったなら誰が記入しても構わない。でも、真凛は乗馬クラブの後輩である。寅次が保険金返還期間の五年以内に死亡する確率は低いと思うので、相続金が本当に真凛の手元に入る可能性はあまりない。真凛も同様に思っている。寅次が困っているので、真凛は記名を承諾したに過ぎない。麻希には迷う気持ちもあったが、自分のもう一人の気持ちとして、真凛を記名させたくないという気持ちがあり、結局は記名させないという選択をした。

「だめよ、真凛さん。もし記入したとしたらどうなると思う。名前を書くだけでは終わらないでしょう。もしあの人が事件や事故で大怪我をして入院したとして、もしも死にそうになった場合には、書類に書いてある死亡時残金相続人に連絡を取らなくちゃいけないじゃない。ということは、真凛さんはあの人に個人情報も教えなくっちゃいけないということなのよ」

「そうですね。でも大丈夫です。住所や連絡先の情報だったら、あの人に教えてもいいです。だってあの人は本当に困っているんですよ」

と、真凛は真顔で答えた。

「でもね、あの人が言ってることは本当かもしれない、でも、もしだよ、もしかして嘘だったとしたら大変なことになっちゃうじゃない。私はあなたのことを心配して言っているのよ」

と麻希は説得するように言った。

寅次の言ってることは本当だろう。ひょっとしたら、自分の名前を書いてもらってもいい気持ちも少しはあった。でも一応ははっきりと断った。でも、その寅次の申し出を真凛が快く了承することは、麻希にはどうしても容認することは出来なかった。

部室での二人の周りに、他の部員達も集まって来て、それぞれが心配しながらも、それぞれが自分の意見を述べ合った。

外では、寅次が真凛と二人で話していた場所に立ったまま、真凛が帰ってくるのを待っていた。確かに真凛は「自分の名前を書いてもらってもいいですよ」と言った。寅次は喜んで「では書類に書いてもらおう」と思った。その時、数名の部員達が真凛を呼び、部室に連れて行った。寅次と真凛の二人は、当然、真凛の用事が終われば、すぐに戻ってまた二人で打ち合わせる予定であった。それでもなかなか寅次の前に真凛は姿を現さなかった。前日は乗馬クラブのグラウンドでは、学生達が馬に乗って活動をしていたのに、この日は馬達は宿舎に繋《つな》ぎ止められ、グラウンドには誰一人として居ない。寅次はどうしてみんな居ないのだろうと思った。実際は寅次と真凛とのことを部員みんなで話し合っていたのだった。寅次だけが何も知らずに外に立っていた。自分が待っている真凛は部屋に連れていかれ帰って来ない。寅次は待っているしかないと思った。

二十分、三十分と時間は経過していった。自分から部屋に行ってはいけないだろうと思った。立ちっぱなしでは疲れるので、足の屈伸をしたり、両手を伸ばして腰を回転させたりして体を動かしたりしていた。そして少し通路側に寄り、草むらの上に横になった。季節は春を迎え、いろんな種類の新芽が出始めている。若草の黄緑が美しく、いい香りがしている。午後の時間帯も段々と日が長くなってきている。空はまだ青い。白い雲があちこちに見える。体の周囲は豊かな若草でふんわり暖かく、上空の青い空と白い雲は本当に美しく輝いている。それなのに、寅次は虚《むな》しさを感じながらも、真凜が自分の所へ戻ってくるのを待つだけだった。ほぼ一時間が経過した。寅次は時々草むらで横になったまま、頭だけを起こし、馬屋と部室のある建物から部員達が出て来るのではないかと見ていた。

乗馬クラブの部屋では、真凜を中心にして部員達が自分の意見を述べ合っていた。中には、「真凜さんが、自分から名前を書いてもいいと申し出たのなら、そのようにして、あの人に帰ってもらってもいいんじゃない」という意見もあったが、それは少数意見だった。事情を一番知っている麻希は、どうしても真凜には書いてほしくなく、何としても寅次に見られないようにして、真凜を帰したいと言った。多くの男子部員は真凜が名前を書くことには反対した。

色々と意見が出て、統一した同意には至らなかったが、部の活動終了時間が近づいてきた。一応麻希の言うように、真凜は寅次に見られないように、もう一人別の部員と二人で建物の裏から一般の道路に下り、その後他の部員達は三三五五帰宅することになった。そのようにして、この日の乗馬クラブの活動は終了することになった。

外では、寅次が草むらで横になったり、起き上がったりしていたが、部員達に動きがあるのに気付き、立ち上がって真凛が自分の所へ来るのを待った。部員達が数人のグループで、おしゃべりをしながら帰って行っている。寅次は、帰宅していく部員達の一人ひとりを確認しながら見送った。最初のグループの中に真凛は居なかった。次に第二のグループが帰宅していく。その中にも真凛は居なかった。寅次は真凛だけを待っていた。

「あれっ、おかしいなあ。帰っていく部員達を確認しているのに、真凛さんは居ない」

独り言を言い、寅次は思い切って部室のある馬屋の建物に向かった。建物の裏側に進んで行った。そこには、真凛は居なく、麻希ともう一人の女子部員の二人だけが居た。寅次は麻希に、

「真凛さんは居ませんか」

と聞いてみた。

「もう帰りました」

と麻希は答えた。寅次は、

「真凛さんと五分間くらい話をしていて、部員の人達にこちらに呼ばれて行ったので、私はそのままずっと、二人で話していた場所で真凛さんが帰って来るのを待っていたのです」

と言ってみたが、真凛が、生命保険の死亡時残金相続人記入項目に自分の名前を書いてもよいと言ったことを麻希には言わないでほしいと言っていたので、その言葉を守ろうとした。しかし、麻希はそんなことは疾《と》うに知っている。真凛本人から既《すで》に確認して、自分から提案して真凛を帰宅させている。

　麻希と一緒に側に居た女子部員が、

「麻希さん、私が一緒に居る方がいいでしょう」

と心配顔で言うと、麻希は、

「いや、帰っていいよ」

とキッパリと答えた。

「大丈夫なの」

と心配しながら聞く友人に、麻希は、

「うん、大丈夫」

と答え、寅次に対して全く警戒はしていなかった。寅次は昨日麻希がお菓子を受け取ってくれたことは有り難かったし、麻希に対しては良い印象を持っていたが、この時は保険の書類記入を完了させることが第一の目的だった。もし麻希が書類に記入してくれるならそれはそれでもいいのだが、真凛が口約束したことは本人が断らない限り、真凛との約束を寅次から反故《ほご》にすることは出来ない。

最後まで麻希と一緒に残っていた友達は、「じゃ、帰るね」と言って帰って行った。

その後、暫《しばら》く、寅次と麻希は話し合った。それでも麻希の方から、自分の名前を書いてもいいとは言わなかった。話は平行線のままだったが、段々と夕暮れが近づいてきていた。

麻希は自分達部員は時々話し合いをするが、なかなかみんなの意見が一致することはないとの旨を寅次に伝えた。寅次と麻希はまだ二回しか会ってはいないが、結構お互いに本心を言って考えを伝え合うことは出来そうである。乗馬クラブ部員達の仲は良いのだが、話し合いとなると、なかなか意見が一致するのは困難なようである。今回の真凛と寅次との件でも、各部員達の意見は違っていて、一本にはまとまらずに、帰宅の時間が来たので麻希の主張する、真凛を寅次には会わせずに、分からないようにして馬屋の裏から帰宅させることになった。二人は自分達の本心を述べ合っていたが、夕闇が迫って来ている。寅次が言った。

「もうすぐ暗くなります。もうみんなも帰ったし、今日は一応帰って、また明日真凛さんに会いに来ます」

するると麻希は、

「私は明日は来ないかもしれませんよ」

と言ったが、寅次の頭は、提出期限までに生命保険会社の書類を提出しなければいけないということでいっぱいだったので、

「いいです。真凛さんが来れば書類に名前を書いてもらうので、麻希さんが来なくても大丈夫です」

と言ってしまった。もし冷静に考えていたら、みんなが帰ってしまい、麻希も本心を言っているのであれば、ひょっとしてもう一度寅次が名前を書いてほしいと願えば、了承してくれたかもしれない。寅次が最初に麻希に名前を書いてほしいと言った時、麻希はとっさに「お断りします」と答えたが、その時は真凛がこの後すぐに寅次の要望を受け入れるとは思っていなかった。真凛が受け入れたとなると、麻希

の気持ちも揺れ動いた。確かに人の気持ちは変化する。寅次の立場になれば、勿論《もちろん》麻希が名前を書いてくれれば助かる。でも、真凛が書いてもいいと言っているのに、本人の気持ちを確認しないことには、無断で他の人の名前を書くことは出来ない。

こんなところが、まるで『男はつらいよ』の車寅次郎に似ている。

麻希も寅次も結局は中途半端な気持ちでお互いに帰宅することになった。西の空は刻々と変化していき、青空だった空が薄暗く白みを帯びていき、段々と夕焼けとなり真っ赤に燃えあがり、その日は終了した。

次の日、寅次は昨日と同じ時間帯に乗馬クラブのグラウンドに行った。まだ宿舎外には人影は少なかったが、馬屋の中に少し足を踏み入れ、中に居る一人の部員に声を掛けた。

「すみません。昨日浅田真凛さんと少しだけ話をした者ですが、話の途中だったので、話の続きをしに来た福山寅次という者です。浅田真凛さんは居ますでしょうか」と聞くと、

「少々お待ち下さい」と言って、その部員は、

「申し訳ありませんが、外で待っていて下さい」

と言い添えて、みんなの居る部室へと入っていった。寅次は、

「昨日の場所で待っています」

と言って、外に出て、昨日の草むらの所で真凛が来るのを待っていた。草むらは昨日と同じで、若草がかぐわしい香りを漂わせ、上空には青い空が広がっていた。

部屋では部員達が対策を話し合った。暫くして、寅次が待っている所へ来たのは真凛ではなく、二人の男子部員だった。一人は、馬に干し草等をやる農具の鋤《すき》を手にしていた。

昨日は初め麻希に会うために来て、麻希に断られたので、今日は真凛に会うために来たのに過ぎない。寅次本人の気持ちとしては何も疾《やま》しいところは無い。真凛との話が途中だったので、その続きを話しに来ただけである。それなのに、みんなで寅次の望みを叶《かな》えさせないようにする。前回の「小学生に英語を教えてもいい」と言った北川結衣の場合もそうだった。あの時は結衣が口約束で、「私が教えます」と言っていたのに、学生課の事務職員と英語科教授の共同で、寅次の望みは叶えられずに終わった。そして今回も先行きが怪しくなっている。

寅次は二人の男子部員に、

「浅田真凛さんとは、昨日の話の続きをするだけなのです。真凛さんが提出書類に自分の名前を書いてもいいと言っていたので、ただ書いてほしいだけです。もし本人が、自分の口から『書いてほしくないので、帰って下さい』と言えば、私はそのまま帰ります」

と言ったが、二人の部員は聞き入れなかった。寅次は一般の人間である。一般の人間同士なら、本人同士のしっかりとした話し合いでの同意が基本でなければならない。それなのに北川結衣の場合もそうだったが、今回の浅田真凛の場合でも、当事者同士で話させないということは、完全に寅次を犯罪者扱いしていることになる。寅次自身も、学生課事務職員が大きく関係していることは感じていた。乗馬クラブの部員達の中にも、少数ではあるが寅次や真凛に同情する者も居るにはいたが、学生である以上学校側に逆らうわけにはいかなかった。これらのことは、人間が権威には弱いということを表している。

二人の男子部員の一人は、

「お願いですから帰って下さい」

と頭を下げた。鋤《すき》を持って出てきたもう一人は、

「もし帰らないのなら、警察を呼びますよ」

と言って、自分のスマートフォンを取り出した。寅次は何故、警察にまで訴えなければいけないのか全く分からなかった。確かにその男子学生はスマートフォンに向

かって、話しだした。その姿を見た寅次は、自分を驚かせ帰らせるためのポーズだろうと思った。本当にこんなことで一一〇番で警察を呼ぶとは考えられない。スマートフォンに向かって話しているようなポーズを取り、なんとか帰らせたいのだろうぐらいに思った。ところが、間もなく寅次の居る場所に警察のパトロールカーが到着した。なんと例のサイレンまで鳴らしてやって来た。寅次は「嘘だろう」と思った。

男子学生と寅次は直接に対面しながら話している。一一〇番をされる人物が、一一〇番をする相手の顔をしっかり見ているのに、警察に訴えるだろうか。信じられなかったが、現実にはパトロールカーが来て、数人の警察官達が寅次の前に立ちはだかったのだった。

鋤を持った学生は警察官達に、一一〇番をした理由を説明し始めた。

「この人が女子学生に話したいと言っているけど、僕達は帰って下さいと言っているのに、この人は帰らないのです」

警察官達も一一〇番通報をしたのはこの男子学生であり、通報された側は寅次であることははっきりとした。警察官の人数は四人だった。四人が寅次を囲み、

「この学生が言っていることは本当ですか」

と確認し始めた。確認するも何も、寅次は真凛と話をするために来たのだし、学生二人が帰ってくれと言っているのに帰らなかったのだから、

「はい、そうです」

と寅次は答えた。険しい表情で勢いよくパトロールカーで降りてきた警察官達は、寅次と話しているうちに、お互いにゆったりとした雰囲気にはなってきた。それでも一人の大柄の警察官は手順通りに仕事を進めていった。

「免許証か何か、名前や住所を証明する物は有りますか」

寅次は何も疾《やま》しいところは無いと思っていたので、健康保険証を差し出したが、実はこの時から寅次が不利になる方向へ進んでいたのだった。二人の男子学生は、昨日から部員全員で話し合いをしているので、昨日からの部員達と寅次のことを警察官達に伝えていた。二人の男子学生以外の部員達は構内にサイレンを鳴らしてパトロールカーが来たことには驚いたが、馬屋の裏側に全員が集まった。その場所は馬屋の裏なので、寅次から部員達の様子は見えないし、部員達からも寅次の姿は見えない位置関係だった。このような話の聴き方は、明らかに一人が犯人で、もう一人は被害者である場合の、事件での聴き取りであり、寅次は本当に不満だった。

寅次の聴き取りには大柄の警察官一人が当たった。他の三人は真凛と他の部員達

が集まっている場所へ行き、聴き取りを始めた。昨日、麻希は来ないかもしれないとは言っていたが、心配だったのか実は来ていた。警察官達の聴き取りは、真凛と麻希が中心となった。一人の警察官が寅次に付き、二人の警察官が真凛と麻希を中心とした部員達に付き、それぞれの言い分を聴いていった。もう一人別の警察官は両方を行ったり来たりして、お互いの連絡と両方の内容が一致しているかどうかを確認していた。寅次としては、昨日と今日の出来事をそのまま話すだけだった。

一番可哀相《かわいそう》だったのは真凛である。昨日、寅次が麻希に生命保険の死亡時残金相続人の項目に名前を書いてほしいと来たのに、麻希が断ったので、寅次を気の毒に思った真凛は自分から「私の名前でよかったら書いてもらってもいいですよ」と言ったのに過ぎない。どちらかというと、親切心から出た言葉であり、何もパトロールカーが来て、警察官から聴取を受けるような事件ではないはずだ。それなのに大変なことになってしまっている。

三人の警察官達に聴取される真凛の周りには、乗馬クラブの部員達十数名が心配して囲んでいる。昨日の部会の時から「真凛さんが自分から名前を書いてもいいと言ったのなら書いて終わりにしてもいいいんじゃないの」と言っていた女子部員も居るにはいるのだが、大多数はそれには反対だった。反対していた部員達も警察に訴える程のものではないと思っているのだが、現実に警察官達が来た以上、もうその状況に対応するしかなかった。

真凛は何げない自分の発言がもとで、こんなことになったことに気が動転してしまい、部員達の優しい同情の言葉も加わり、遂《つい》に泣いてしまった。警察官達からの聴き取りには、麻希の協力も加わって、涙を堪《こら》え堪え答えていった。一人の警察官は真凛の話の一部を聴いては寅次の方へ行き、寅次担当の警察官と寅次の話の様子を聴いては、一言二言言ってまた真凛の方へ向かった。

真凛も心優しい真面目《まじめ》な学生である。寅次の発言と真凛の発言は全く一致していた。聴取時間は約四、五十分だっただろうか。両者の発言が一致し、特に大きな矛盾点も無いので、警察官達は次の行動へ移ることにした。

「話をもっと聴きたいので、パトロールカーで一緒に交番まで来てもらえますか」

寅次はこの時も、全く疾《やま》しいことは無いと思っていたので、「いいですよ」と言ってしまったが、これは調査の常套《じょうとう》手段だったのである。何も知らなかった寅次は、実は大変な方向へ一歩一歩進んでいってしまっていたのだった。

寅次を乗せたパトロールカーは大学の構内を後にした。そこに残されたのは乗馬クラブの部員達だった。真凛が一番辛かったのであろう。茫然《ぼうぜん》として寅次を見送った。他の部員達もほとんど発言はなく、数人のグループで三三五五と帰宅していった。

大学近くの交番に連行されていった寅次は交番に到着した時も、まだ自分の話をよく聴いてもらって、警察官達も納得し、お互いに挨拶し合って、この件は終了するものと思っていた。しかし現実にはここから本格的に調査が進むのだった。大学構内へパトロールカーで乗り込んで来た時、この四人の警察官達と寅次は初対面だったので、寅次は四人共善良な人々だと思い込んでいた。ところが、このことをきっかけとして、相当長い間寅次の問題が継続していくことになった。

四人の警察官達の二人が、寅次と一緒に交番の中に入った。他の二人はパトロールカーに乗り込み、巡回へと向かって行ったが、四人の中で一番の長らしき人物が、一年後に九人のメンバーで寅次を逮捕しに来ることになる。その時には、寅次はこの代表格の顔は全く覚えていなかった。残りの二人ともう一人交番に居続けていた所長らしき警察官の三人が寅次の取り調べへ入った。寅次付きの警察官と寅次の二人が、所長らしき警察官へ、この件の内容を説明した。

交番の外にはパトロールカーともう一台少し大きめの警察車輌が停めてあった。寅次の話を聴く二人以外のもう一人は、大学構内で寅次と真凛の間を行ったり来たりしていた警察官である。この警察官が外の大きめの警察車輌の中で外部との連絡を取っていた。その車輌から交番に戻って来る度に、この警察官の態度は悪くなっていった。段々と寅次をストーカー扱いするようになり、威圧的になっていった。寅次が「私はストーカーではありません」と言うと、「ストーカーは誰だってそう言うんだよ」と言いだした。「なんだよ、お前は女の子になんでお金を残してやるんだよ。俺の名前を書かしてやるよ。俺の名前を書けよ」とまで言いだした。寅次は「相手は女の子ではありません。歴《れっき》とした大学生です」と言うのだが、警察官は「女の子じゃないか。女の子だよ」と言い張り、何度も「俺の名前を書かしてやるよ。女の子でなくても、俺でもいいじゃないか」と繰り返した。その度に寅次は「嫌ですよ。この人だったら渡してもいいと思う人と、渡したくない人がいるじゃないですか」と答えた。

このような二人の言い合いなのだが、二人共に感情的にはなっていなかった。この警察官が執拗《しつよう》に「その書類に俺の名前を書けば、この件は終わりじゃないか。俺の名前を書かせてやるから俺の名前を書けよ」と言うので、「直感でこの人だったら名前を書いてもらっていいという人が居るじゃないですか。浅田真凛さんだったら書いてもらいたいんです。でもあなたは威圧的に迫っているので、そんな人には書いてもらいたくないですよ」と繰り返した。

寅次は、大学生達の中でも本心を言っていたし、警察官が何と言おうと、飽《あ》くまでも自分の言いたいことを曲げようとは思わなかった。その警察官はそんなことを言った後に、また外の車輛に戻り外部と連絡を取り合っていた。約一時間、交番での取り調べは続いた。外の車輛では大学の学生課とも連絡を取り、学生達以外の大学関係者達との意見も聞いていた。寅次にとっては大学本部側との連絡だったら問題は無かったのだが、運悪く学生課の職員竹内雅治と連絡を取っていた。しかももっと悪いことにはこの警察官は、竹内を学長か学生部長と勘違いしていた。つまりかなり偉い大学責任者が、電話で寅次を本当にストーカーのように発言していたと言うのだ。

寅次の立場は交番に到着した時よりも、もっと不利な状態になっていた。そして遂《つい》に竹内本人がこの交番に現れたのだった。竹内は交番に着き、警察官達に囲まれた寅次を見て、ニヤリと笑った。相当な余裕を持って、寅次について警察官達と話し始めた。その後も暫くは竹内と警察官達と寅次の話し合いは続いた。外の車輛との往復を繰り返す警察官は、同じように悪態を続けているので、寅次もその悪態にはすっかり慣れていた。でも交番に竹内が来たからには、これから寅次の立場が良くなることは考えられなかった。

竹内の警察官達への発言は「だめです。だめです。この男の言い分を聞いたら絶対だめです」と、寅次を否定することに徹底した。竹内の発言で、所長も寅次付きの大柄の警察官も、遂に寅次に対しストーカーと決めつけ、威圧的態度で迫り始めた。そして一通の書類を作成した。所長が交番内で作成したのか、悪態をつく警察官が外の車輌内で作成したのかどちらだったのかは寅次には分からなかったが、確かに一通の書類が寅次の目の前に突き付けられた。

「この書類にサインしなさい」と所長が言った。寅次はストーカーと決めつけられ、今後もうストーカーの行為は行いませんという誓約書へのサインを迫られる立場に追い込められた。当然、寅次はいやな雰囲気を感じていたので、内容に目を通さなかった。寅次は自分をストーカーだとは思っていないので、

「サインはしません」と答えた。敵が四人に増えてしまったし、サインもしたくないので寅次は交番を出て帰ることに決めた。

立ち上がり、出入口の扉のノブを回し外に出た。そしてそのまま家に帰り始めた。驚いたのは三人の警察官達と竹内である。歩いて帰る寅次を交番へ連れ戻すために、三人の警察官達は急いで外に出て寅次を止まらせようとした。警察官達に続き竹内

も交番の外へ出て、四人の様子を見守った。竹内は「何をやっているんだこの男は。三人の警察官達に連れ戻されたら、もっとこっ酷《ぴど》い目に合わせてやる」と思ったが、そううまくいかなかった。警察官達の動きは速かった。歩く寅次の前に三人は立ちはだかった。そして、寅次の右手を大柄の警察官が摑《つか》んだ。左手を所長と悪態警察官が摑んだ。三人は寅次を押すようにして、交番へ連れ戻そうとしたが、寅次はそうはさせなかった。少しずつでも交番から離れる方向へと足を運んだ。

三対一の塊《かたまり》は歩道を大学正門方向へと進む。左側は車道で車が通る。その向こうは歩道で、その歩道は大学正門前へ通じている。逮捕術は警察官が身に付けている術のはずである。ところが本当に意外なことに、寅次が右手で逮捕術の一手をやってみると、大柄の警察官の手から右手が自由になった。もし左手も自由だったら相手を倒せたかもしれないと思った。でも寅次の目的は相手を倒すことではなく、ストーカーのように扱われ、その上誓約書にサインさせられるという冤罪《えんざい》みたいなものを被りそうになるのを払いのけて、家に帰ることだった。

大柄の警察官は本当に心優しい人ではあったが、本人も油断したと思ったのか、今度は両手に力を入れて寅次の右手を握り、腰を下ろし、相撲の押しのように力強く押してきた。そして四人の動きはその場で止まった。大柄の警察官は体重が重いので、相撲だったら引きたくなるところである。寅次もこの大男の押しには、ひょっとしたら敗けるかもしれないという気が一瞬頭を過《よ》ぎった。でも敗けるわけにはいかない。寅次も自分の進みたい方向へ全身の力を傾けた。三対一の塊《かたまり》がその場に止まったまま、それぞれの力を出し合っていた。

どのくらいの時間だったのだろうか、四人共精いっぱいの力を出した。場所は一般の歩道である。三人の警察官達は我に帰り寅次から手を離した。交番の出入口の所では竹内が四人の様子を見ていた。両手が自由になり、寅次は振り返らずに、普通に歩いて帰った。全力を出したので体は疲れたが、心は悲しかった。泣きたかったが、一般の歩道である。涙を流すわけにはいかなかった。

暫く歩くと、大学の正門が見えた。信号を待ち、青になったので道路を横断し正門に辿《たど》り着いた。そしてまた右に向かって歩いた。左手が乗馬クラブのグラウンドになっている。もう誰も居なかった。本当に静かだった。馬達は馬屋に居るのだが、部員達のその日の行動も理解するのだろうか静かだった。寅次は一人そのまま歩いて帰った。

次の日になったが、まだ生命保険会社の保険の死亡時残金相続人の項目が空欄になっている。なんとかして提出期限までに記入しなければならない。特に当てもないまま、街を歩いた。災害時に避難する場所を掲示してある看板があった。寅次はこの掲示板の前で止まり、前後左右の建物を確認してみたが、少し変だった。どうして違っているのだろうと周辺の建物と位置を確認してみると、西向きの場所に設置すべき看板が、北向きの場所に設置されてしまっていたのではないかと思われた。東西南北の方向を変えてみると、その看板の災害時避難場所は正しかった。

その時、一人の女性が寅次の横を通り過ぎて行った。この人は寅次の話を聞いてくれるだろうかと思ったが、声は掛けなかった。その人はすぐ側の門を中へ入って行った。寅次はそのままその掲示板を見ながら、位置関係を確認していた。するとまた先程の女性が寅次のすぐ近くまで来た。寅次は運命的なものを感じ、声を掛けてみた。

「すみません、この災害時避難場所の掲示板は設置方向がこの場所ではなく、この右角の左に設置して、それを向こう側から見た位置関係じゃないですか」

と言うと、その女性は周辺を見回して、

「そうですね」と言った。

背が高かったので、少し年配の女性かなと思ったが、直接対面して話してみると、声の高さや話す様子から若い女性であると感じた。寅次は藁《わら》をも摑《つか》む思いでお願いしてみた。

「生命保険の提出期限が近づいているのですが、私の死亡時残金相続人の欄だけが記入出来ていないので、あなたの名前を書かせてもらえませんか」

すると、その女性は少し考えて、

「母親に連絡をして、それから記入するか、しないか決めてもいいですか」と言った。

寅次は「勿論《もちろん》です」と言ったが、スマートフォンで母親と連絡を取るその女性に、もうこの件は何とかこの人で決定してしまい、終了出来たらいいのにと思った。本当に祈る思いだった。この女性の声は当然分かるのだが、母親側からの声は全く聞こえなかった。暫《しばら》く連絡を取って話している女性の目から涙が溢《あふ》れ、頰《ほお》をツーッと伝って流れていった。寅次はその涙を本当に美しいと思ったが、同時に母親から叱られ、この件は断られたなと思った。その人が通話を終了させ、返事を聞くまでもなく、もう寅次にはこの人の涙で結論は分かっていた。

次の日もう一度この女性と会う約束をし、その日は別れ、次の日の約束時間の少し前に、前日と同じ場所でその人を待った。その日は雨になった。寅次が傘をさして待っている所へ、その人も傘をさし小走りで寅次に近づいた。保険とは関係のない別件が終了し、もうこの人とは会えないだろうと思った。この時点ではまだ保険の書類が完成していなかったが、某銀行の支店へ行き、行員に相談してみた。支店の行員は、「相続人の欄には、法定相続人と書いて提出して下さい」ということだったので、そのようにして提出した。それで一件落着したと思った。ところがそうではなかった。某生命保険会社から寅次が提出した書類の死亡時残金相続人の項目に記入した「法定相続人」では駄目であり、再提出期間をもう一週間延期するので、その箇所に訂正印を押し、再提出するようにと、その書類が送り返されてきた。折《せっ》角《かく》某銀行支店で相談して提出したのに、それでも駄目だった。何故こうも巧《うま》くいかないのだろうとは思ったが、この書類をしっかり書き上げて提出しないと、英語教室代金の借金が返済出来ない。何とかしなくてはいけない。図々《ずうずう》しいかなとは思ったが、先日美しい涙を流して断ったあの人にもう一度お願いしてみようと決心した。

その人は隣町の大学生で、名前を本田真央と言った。隣町の大学なので、浅田真凜の時のように警察のお世話になることはないだろうと思っていた。何とか無理をして、前回二度も会ってもらったあの同じ場所で会うことにした。この時が三回目の出会いだが以前とは真央の様子が違うと、寅次は感じた。何だろうか。寅次を少し恐れているのではなかろうか。何故、何故だろうか。明らかに前回の真央の表情とは違っていたが、生命保険会社の書類再提出を考えると、やはりお願いするしかなかった。

「保険の死亡時残金相続人の欄に『法定相続人』と書いて提出したのですが、先方から駄目だと連絡が来て、もう一度書き直して提出するようにと書いてあり、再提出日が少し延ばされたのですが、どうしても書いて出さなくてはいけないのです。真央さんには決して迷惑はかけないので、どうかあなたの名前を書かせて下さい」

と寅次は頭を下げた。しかし、前回と違い真央は確かに寅次を警戒していた。何故なのか、寅次は理解出来なかった。真央は答えた。

「私がもし、私のお祖母《ばあ》さんの立場になったとして考えてみると、私の孫にはやっぱり福山さんの申し出を受け入れてほしくはないと思います」

その真央の言葉を聞き、寅次は真央に申し訳ないことをしたと思った。初回の真央の流す美しい涙を見た時、あれが全てだったのだと身に沁《し》みて感じた。いつまでも話をしていたいような人だったが、心を決め帰ることにした。そして寅次は帰途に就いた。

まだ再提出の保険書類が完成はしていなかったが、取り敢《あ》えず英語教室テナント解消のために、教室予定地へ行き、借金返済の延期をお願いした。貸し主は、本当に保険会社からの返金が保証出来るのかという苦情は言ったが、すぐには寅次が現金を工面出来ないと分かると、渋々ながら延期を承知してくれた。

人生幸運も有るが、不運も有る。最近不運続きだが、きっと次には幸運が来るだろうと寅次は思っていた。貸し主は自宅へ帰り、寅次は一人、教室予定地だった空き家へ止《とど》まり感慨に耽《ふけ》っていた。するとピンポンと玄関の扉からチャイムを鳴らす音が聞こえた。玄関の扉を開けてみると、そこには二人の男が立っていた。

「西部警察の者ですが、中に入ってもいいでしょうか」

声を掛けた男は、大柄の優しい感じの警察官だった。寅次は先日の大学近くの交番の警察官達の事が頭を過《よ》ぎったが、明らかにこの二人は違っていた。あの交番の管轄は東部警察の地域範囲に当たっている。何故、西部警察から警察官達が来るのかは分からなかったが、取り敢えず中に入ってもらうことにした。

「某大学の件で来ました」と、その優しそうな警察官が言った。その大学名は浅田真凛の件でパトロールカーが来た大学とは違っていた。寅次は全く単純と言うのか、その警察官に言った。「先日、東部警察の交番に連れて行かれて、大変な目に遭《あ》ったんです」

するとその警察官は、

「いえ、全く違います。私達は某大学の件で来たのであって、あなたの言われている事とは全く違います」

と言って、寅次が福山寅次であるかどうかに確認の焦点を合わせていた。世の中同姓同名の人物も存在するし、警察が捜している人物と違っていても問題となるので、まず本人かどうかを確定するまでは、本当に丁寧に接する。初め先日の交番からサインをせずに帰ったので、仕返しに来たのかと寅次は思ったが、やくざではなく警察である。仕返しは無い。この時点で寅次は、様々な機関の関連や連絡網とか、徹頭徹尾の調査、下調べ、そして証拠を積み上げ立証していく等を考えてみたこともなかった。

今回、本田真央の件で西部警察から来た二人の警察官達は寅次をストーカーとして、この場所に来ているのだ。しかも警察官は二人ではなく、近くに駐車してある警察車輌にもう二人が乗車していて、計四人で寅次を西部警察署へ連行する予定で来ているのだった。

しかし、その事には、当初の時点では寅次は気が付いていなかった。浅田真凛の時は、男子学生が一一〇番通報をした。しかし、今回の西部警察への連絡は、いったい誰が連絡したのか、寅次は正確には分かっていなかった。寅次は真央に対して、好意の感情以外全く無く、行動に対しても丁重に接しただけで失礼な行動は全く取っていなかった。初めて真央に出会った時、真央はスマートフォンで母親に連絡を取った。その時、寅次には真央の母親の声は聴き取れなかった。母親は娘を叱った。真央の流した涙を寅次は美しいと思った。でも、真央にとって母親の言葉は、子どもの頃から本当に大切な意味を持っていた。それは母親が自分の娘を愛しているからだが、他人の寅次にとって、それを理解する術《すべ》があるはずもなかった。寅次は本田真央が一一〇番通報をするとは思えなかった。東部警察から西部警察へ、浅田真凛の大学から本田真央の大学へと連絡がいき、西部警察から警察官達が来ていると思った。警察官達は二人ではなく、近くに駐車してある警察車輌にもう二人が乗車していて、計四人で寅次を西部警察署に連行する予定で来ているのだった。ではなぜ四人の警察官達が来たのか。真央は高校までは故郷で家族と一緒に生活していたが、大学の入学時に家族と離れ一人暮らしとなった。母親は娘を愛しているし、とても心配している。母親と遠く離れていても、やはり真央は母親を頼りにしている。浅田真凛は自分のことは自分で決定したが、真央は重要な決定は母親に相談するという習慣が残っている。そして今は、スマートフォンで遠くの人ともすぐに連絡が取れる。つまり、この時もやはり母親に連絡をして、意見を聞いてみた。娘を愛し、心配をしていた母親は、権力を持ち一般市民を社会悪から守ってくれる国家権力に、全面的に頼るようにと、強く忠告した。真央も母親の自分への愛は確信していた。しかし、寅次はそのような親子の愛を知る由もなかった。

寅次の所へ来た警察官達は、真央の名前は語らなかった。飽くまでも、真央の通う大学名だけを強調した。それで、寅次も大学から連絡があり、警察官達が来たのだと確信していた。一つの小さな流れが、大きな流れになってしまうともうその流れは止められなくなってしまう。世の中、一旦冤罪《えんざい》になってしまうと、その無実を証明するのはなかなか難しい。

東部警察管轄の交番との連絡で、寅次に誓約書へのサインをさせることに失敗したことは西部警察へ伝えられている。今回の西部警察では、本部から用意してきていたのか、近くに駐車してある警察車輌で作成したのか、寅次への誓約書は既に作成されていた。大学近くの交番での寅次付きの警察官も大柄で優しい人物だったが、今回の寅次付きの警察官も大柄で優しい性格だと寅次は感じていた。そしてその警察官が言った。

「一緒に西部警察署に来てもらえますか」

もしこれが寅次にとって初めてのことだったら「はい」と言って同行したことだろう。ところが前回のパトロールカーでの「交番まで来てもらえますか」との誘導に対し「いいですよ」と言ってしまい大変な目に遭《あ》った。もう同じ目に遭いたくはない。寅次は決心した。

「お断りします。行きません」

すると、寅次付きの警察官はそのまま寅次の側に居たが、もう一人別の警察官が駐車中の警察車輛の方へ行き、車内の二人に連絡した。そして三人で寅次の所へ来て、四人での行動が始まった。車輛から出て来た一人が、読み上げる書類を寅次付きの警察官へ渡した。もう一人車輛から出てきた一番若い男がカメラを用意した。他のもう二人で寅次が逃げないようにした。東部警察管轄下の交番で、寅次がストーカー行為をしないという誓約書にサインをしなかったので、今回の西部警察では作戦を変え、寅次付きの警察官が寅次の前で誓約書を読み、若い警察官が誓約書を開く寅次の写真を撮るという方法にでてきた。

寅次は彼等の計略に陥らないように行動していった。誓約書を読む声が聞こえないように、近くに置いてあったラジオのスイッチを入れボリュームを上げた。警察官の読む声に負けないようにした。写真を撮られないように、体を上下左右に揺らしながら動き回った。若い警察官はシャッターチャンスが定まらずに、シャッターを切ることは出来なかった。他の二人は寅次が逃げないように見張っている。これでは最終的には寅次が疲れ果て、観念することになる。寅次は建物の外に出ることにした。

この建物には出入口が二つあった。一つの出入口に四人が居るので、そこからは出られない。別の出入口から寅次は外に出た。外に出た寅次に気付いた四人が後を追った。寅次は決して走らない。敵に対して人数が多い時には走ってはいけない。陸上の短距離選手や野球、サッカー等の選手だったら走って逃げきれるだろうが、普通は走っては逆に危険になる。追い付いた四人は寅次の前に立ちはだかった。寅次にとって都合が良かったことは、寅次付きの大柄の警察官が手に書類を持ち、なんとかして誓約書を読もうと必死だったことだった。もう一つ寅次にとって有り難かったことは、若い警察官も必死でカメラのシャッターを切ろうとしていたことだった。その若い警察官が「逃げるのか」と言ったが寅次からすると、その意味がよく理解出来なかった。逃げるのではなく、写真を撮られないようにしているのだった。特に大柄で優しそうな警察官が直接には寅次に攻撃しないのが有り難かった。

一度寅次が危険を感じた時があった。動きながら「背水の陣」という言葉が浮かんだので、五十メートルくらい進んだ付近で壁を背にして闘おうとした。背中の方は建物のシャッターだった。少し焦った。後ろが硬いコンクリート等の壁だったら良いが、シャッターにみんなで倒れ込んだら誰かが怪我をする可能性が高い。急いでシャッター部分から離れた。寅次は前方へ進む。大柄の警察官は寅次の前に出て、誓約書を読もうとするが、動きながらなのでそう簡単に読めるものでもない。一番若い警察官はもっと難しそうである。カメラのシャッターチャンスはなかなか定まらない。一番リーダー格の警察官も人柄は良さそうだが、他の三人ほどには威圧感はない。もう一人が厄介だった。まだ警察車輛の中に居た時、彼が外部との連絡を取り、書類も作成していた。寅次に迫ってくる時も機敏だった。リーダーとこの男に掴まらないようにしなくてはいけない。

寅次は途中で考えた。写真がなかなか取れないのは、寅次が神妙にして反省している姿を撮りたかったからだろう。まさか警察官達に総掛かりで押さえ込まれ、踠《もが》き苦しむ姿を写真に納めてしまったら、それこその写真の方が逆に問題になってしまう。

もう外に出て、四対一で闘っているのだから、若い警察官が希望する写真はそううまくは撮れなかった。車が数台駐車してある場所まで進んだ。寅次の脳裏には子どもの頃の「鬼ごっこ」の遊びが浮かんだ。車の右後ろ側から左方向の車前方へ走ると見せかけて、すぐに右後方へ切り返して逆方向へ逃げる方法である。寅次はそれをやってみた。駐車してある車の右後ろ側から左前方へ急ぐように見せかけ、すぐ右後ろへ戻ってみた。

なんと車を挟んで対峙していたリーダー格と機敏格が左車前方へ全力で走った。二人が車の左方向へ行く時、寅次は右方向へ走っていた。そのような駆け引きが続いた。サッカーやバスケットボールの試合で、左へ行くようなフェイントを掛けて相手選手を左側へディフェンスさせて、右側からシュートをするような方法だ。

そのように守備攻撃を繰り返しながら、約百メートル進んだ。そこは丁字路《ていじ》になっていた。寅次は右へ曲がった。その時、右側から電車が通過する音が聞こえた。鉄道の踏切に向かっている。もうすぐ踏切だ。下手《へた》をすると、警察官達の四人か寅次かの誰かが犠牲になるかもしれない。寅次には観念してしまう気持ちはない。浅田真凛の時も、本人は了承してくれていたのに、男子学生が警察を呼んでいる。本田真央の場合は、真央の言葉を聞いて寅次は諦めていたのに、母親からの強い娘への愛情と要望で、最終的には警察が来た。真央には確かに申し訳ないことをしたと思うが、やはり警察官達の思い通りになることには、どうしても納得がいかない。

国家権力や警察力によって自分の行動を決めたくない。飽くまで、真凜の言葉を聞き、真央の言葉を聞き、そして自分の良心の言葉によって自分の行動を決定したい。寅次は四人の警察官達から自分を守る立場だ。決心した。たとえ五人で踏切に足を踏み入れることになるとしても、このまま進んでいくしかない。

その時だった。リーダー格の警察官が言った。

「退散！」

鶴の一声だ。四人の警察官達は警察車輌の停めてある方向へ向かって帰って行った。寅次はそのまま踏切の方向へ歩いて行った。そしてその日の全てが終了した。

次の日、寅次は久しぶりで大学の図書館周辺を歩いてみた。すると大学一年生の頃から娘のように感じていた娘が声を掛けてきた。

「お久しぶりです。最近どうしていたんですか」

寅次が新垣景子と会うのは何カ月ぶりだろうか。二学年の頃までは、二人でよく話し合っていた。春休みに入り二月くらいから会っていなかった。二人とも三学年になっていた。景子は四月初めのオリエンテーションにも参加し、その後の授業も普通に受講していて、二学年までの教養課程から専門課程に進んでいる。一方寅次は四月のオリエンテーションには参加しなかった。でも一応三学年での授業には時を見ては何とか参加していた。

景子と久しぶりで会ったこの日はもう六月になっていたので、二月から五月までの約四カ月間も会っていなかったことになる。心配そうに景子は聞いてきた。

「元気が無いようですが、何か有ったんですか」

寅次は二月から五月までの出来事を順を追って話していった。景子も途中から心配顔になり、寅次の話を聞き入っていた。そして寅次に元気になってほしいと思ったのか、「何ですか‼」と言って、右手で寅次の左肩をバシッと思いっきり叩《たた》いた。

寅次は少し驚き我に返った。

「あっ、そうだ新垣景子が居るんだ」

景子は明るい表情で、

「私の名前を使ったらいいじゃないですか」と言った。

寅次はこの四カ月間、いったいどうしていたんだろうと思った。生命保険の死亡時残金相続人の欄には新垣景子の名前を記入し提出した。そして英語教室が開設出来なかった借金返済の問題も解決しそうだ。

その後寅次の頭に浮かんだのは、本田真央を安心させたいということだった。真央には、東部警察署管理下の交番の件と西部警察署から来た警察官達の件を書き保険関係も全て完了したので、どうぞ心配せずに有意義な大学生活を送ってほしいという内容を便箋《びんせん》十一枚に書き送った。十一枚の便箋を封筒に入れる時、いっぱいに張ってしまい、なんとか封をすることが出来た。

この件が全て無事に終了出来たのは景子の御陰であり、寅次は景子に感謝した。

その日の夜、寅次はいつもよりも早めに床に就いた。「表裏一体」という言葉が頭に浮かんだ。紙幣にも硬貨にも表があり、裏がある。人の心にも表があり裏がある。寅次にとって不思議なのは月にも表があり裏があるのに、地球からは表しか見えないことだ。

人間万事塞翁が馬だ。何が幸せになるか、何が不幸になるか前もって知ることは出来ない。七転びしても八起きしなくてはいけない。警察官も人の子であり色々だ。交番での寅次付きの大柄な人も優しい性格だろうし、西部警察の寅次付きの大柄な人も、一一〇番で通報されていなければ、きっと寅次とも気の合うような気さくな人なのだろう。この時、この警察官とは初対面だったが、約一年後にもう一度会うことになる。この人との二度目の再会では、西部警察から警視庁本部へ転職していて、寅次との初回の経験を生かし、寅次との対応を上手に処理し、寅次に対して「寅次さん、寅次さん」と呼び掛け、寅次はこの警察官に対し好感さえ持つようになり、全てが解決することになる。しかし、そのように良好になる約一年前のこの時は、まだストーカーと決めつけられた寅次と、それを取り締《し》まる側の警察官という関係だった。警察というのは、まずは一一〇番で通報した側に付き、仕事をする。でも人間関係は複雑であり、また仕事の中で発生する事件も実に複雑だ。何の仕事でもそうだが、納得いかない出来事に遭遇しても、我々は一つ一つの難関を走破していかなければならない。

寅次からの手紙を読んだ真央が連絡を取ってくれたのだろう。その後、西部警察が寅次の調査に来ることはなかった。

その夜、床の中で寅次は子どもの頃のことを思い出していた。憧れの職業であった警察官。正義の味方であり、英雄であった。叔母《おば》と結婚し義理の叔父《おじ》となった若かりし頃の警察官。隣の派出所長の娘は、学校は違ったが可愛い同級生だった。大学生時代、二学年年上の先輩はとてもよく寅次の面倒を見てくれた。大学二年までは目黒区駒場の教養学部で学び、三年から大学院まで文京区本郷で学んだ秀才で、スポーツマンでもあった先輩。その先輩は寅次を夏には富士登山に誘い、冬には長野や群馬の雪山でのスキーに誘ってくれた。弁護士や官吏《かんり》官僚になるものと思っていたのに、警視庁の警察官になったのには訳があった。しかし、将来が有望視されていた先輩は、不幸にも暴走族の取り締まり中に殉職してしまった。若かった大学時代の寅次の思い出の中で、先輩と生活を共に出来たことは、寅次にとって貴重な経験であった。人間性は立派で、学力は高く、運動能力にも優れていた先輩。尊敬できる先輩だった。

新垣景子の協力で、浅田真凛と本田真央の件が全て解決した夜、早めに床に就いた寅次は、大学時代の先輩のことや先輩の長女のことを思い出していた。真凛と真央の件が解決したためか、幻覚とも夢想とも分からない不思議な眠りの中に寅次は陥っていった。

寝床の中で流し続けていた涙が、寅次の周辺から溢《あふ》れ出して増えていった。その涙がもう止まらなくなり、洪水のように増加していき大海となっていった。寅次はその海の中に少しずつ沈んでいってしまったが、不思議なのは水の中でも普通に呼吸が出来ることだった。水面はキラキラと輝いているが、深く深く沈んでいっても深海の暗さはなかった。どこまでも透き通っていて、透明の水の中を下へ下へと沈んでいった。

キラキラと輝き続けている水面を見ていると、二つの物体が寅次の方へ下りてきていた。

「何だろう。魚ではなさそうだ」

と寅次は思った。どうも二人の人間のようだった。どうやら彼らも水の中でも普通に呼吸をしていた。段々と寅次に近づいて来る。知っている顔のように感じた。真近まで近づいて来たが、右側が若い男性で、左側が若い女性だった。

「二人とも自分が知っている人だ」

と思った。男性は大学院時代の先輩だった。女性は高校生の先輩の娘である。寅次は少し変だと思った。親子だから年齢が離れているはずなのに、先輩は二十歳少し過ぎで、娘はもう少しで二十歳という不思議な年齢だった。

先輩は寅次の右脇の下に片手を入れ、片方で寅次の右腕を優しく包んだ。娘は左側から先輩と同じことをした。二人とも黙っていた。誰も足で水を蹴らないのに、上へ上へと水面に向かい進み、水面がキラキラと輝いた。そして、なんと三人で水上の空間へと上がっていった。

空は碧《あお》かった。以前、テレビで宇宙ステーションから地球を撮った映像を観たことがあるが、その地球の碧さだった。三人の誰の背中にも天使のような翼は無いのに、上へ上へと上がっていった。上空なのに寒くもなく、空気も薄くもない。寅次は先輩とその娘との三人で空の中に包まれ幸せだと思った。

二

三年生になった景子は、就職活動に入った。当然、寅次と話し合う機会は少なくなっていった。それでも、時には以前のように二人の意見を闘わせていた。人生や社会に対する視点の概念はほぼ一致していた。寅次が人生や社会は複雑だといつも言っているので、景子もそうなのだろうとは思うようになった。でも、景子が言うには、

「人生は確かに複雑だと思うんです。でも、だからこそ、自分が正しいと思うことに向かって、単純に真っ直ぐに歩いていけばいいのだと思います」と自分の信念を曲げなかった。

そして、更に自分の考えを述べた。

「太平洋戦争が終わる頃、一九四五年八月六日に広島に、八月九日に長崎に原子爆弾が投下されましたが、その被爆後広島や長崎の人々を中心として、原爆廃絶《はいぜつ》の声は廃れたことはありません。今では日本だけでなく、世界中で原子爆弾を地球上

から廃絶しようという訴えは広がり続けています。たとえ核保有国が反対しても、世界の多くの人々が正しいと思っていることは、今後も広がり続けていくのだと思うのです。私達も正しいと思うことに向かって、単純に進んでいけばいいいんじゃないですか」

景子の発言に対し、寅次も確かにそうだと思うのだが、それでもやはり、私達の人生は、そのように単純にはいかず、複雑で難しいと思うしかなかった。

寅次は学生課に行くことはなかったが、景子は就職活動を行っていたので、時々は学生課にも行ったり、学校の外に出て、会社訪問もよくしていた。寅次から見ても、景子の就職活動は順調に進んでいるようだった。平凡な学生生活が流れ、後期も無難に過ぎていった。

寅次が、社会や人生は難しく複雑であると考えるのには、自分の人生だけでなく、日本や世界情勢も当然含まれている。寅次は時々、明治時代から昭和時代にかけて活躍した作家菊池寛の短編小説『形』を思い出すことがある。菊池寛は明治二十一年に生まれ、昭和二十三年に亡くなっている。短編小説『形』の概要は次のようなものである。

大阪と兵庫の境、摂津《せっつ》の国を主君松山新介《しんすけ》が治めていた。その侍大将中村新兵衛《しんべえ》がこの『形』の主人公である。中村新兵衛は「槍《やり》中村」と呼ばれ大豪《だいごう》の士《さむらい》であった。先駆《さきが》けや殿《しんがり》での功名を重ね続け、敵に恐れられていた。戦《いくさ》では、味方にとっては頼もしく、敵にとっては怖い存在であり、新兵衛との直接の対戦は避けるようにしていた。戦での新兵衛の出《い》で立ちは輝くばかりの鮮やかさだった。服折《はおり》は鮮やかな深紅の陣羽織で「猩々緋《しょうじょうひ》の服折《はおり》」、兜は中国古代の冠に形をまねた「唐冠《とうかむり》の兜」だった。戦がある度に、「槍中村」は「猩々緋の服折」と「唐冠の兜」を着こなし、戦場の華であり、敵に対する脅威であり、味方にとっては信頼の的であった。主君松山新介の側腹《そばはら》の子を、新兵衛は守役《もりやく》として我が子のようにいつくしみ育てていた。ある日、その子は若き美男の士《さむらい》へと育ち、元服をして、初陣《ういじん》として戦場へ赴《おもむ》くことになった。初陣で手柄を立てたいと思い、その若く美しい士は新兵衛に「猩々緋の服折と唐冠の兜を貸してもらいたい」と申し出た。新兵衛は若者の功名心を快く受け入れた。明くる日、新兵衛の兵は大和の筒井順慶《じゅんけい》の兵としのぎを削った。猩々緋の服折を着て、唐冠の兜を冠《かぶ》った美しき若武者は、駒《こま》の頭《かしら》を立て直し、自軍の先頭をきって敵陣に乗り入った。新兵衛が進撃してきたと思った筒井順慶の兵士達は、恐れをなし一斉に逃げ出したが、後れをなした兵士達は戦場の塵と散ってしまった。

その若武者の活躍を見た新兵衛は、大きな誇りを感じていた。その時、新兵衛は黒革縅《おどし》の鎧《よろい》を着て、南蛮鉄《なんばんてつ》の兜を冠っていた。新兵衛に味方をやられたと思った敵は、復讐せんと闌けり立ち勇み立って、地味な外観の新兵衛に切りかかった。そして敵の槍が新兵衛の縅《おどし》の裏をかいて彼の脾腹《ひばら》を貫いた。

この菊池寛の『形』は常に寅次の脳裏に浮かぶ。北川結衣の件でも浅田真凛の件でも本田真央の件でも、寅次は短編小説『形』を思い出していたが、その後更に螺《ら》旋《せん》階段を落ちていき、その度にこの『形』を思い出すことになるのだった。

三

景子の三学年での大学での授業も終了し、春休みとなった。学年が次年度に移るまでにまだ期間はあったが、またしても寅次にとって歓迎出来ない出来事が発生してしまった。確かに寅次の勘違いが今回の出来事のきっかけだったのだが、寅次にとっては何故《なぜ》こんなにも面倒なことになってしまうのか、どうしても本人には納得がいかなかった。しかし、これこそ正《まさ》に負のスパイラルと言うものなのだろう。

三年前に遡《さかのぼ》り、寅次が社会人入学をした頃のことだった。通学路があり、右手に小学校の正門があった。その近くに信号機があり、新小学一年生の担任となったのか、女の先生が、新一年生達が安全に青信号を渡れるように指導している場面に出くわしたことがあった。「新一年生を受け持たれたんですか」

寅次が声を掛けた。

「はい、そうです」

と女の先生は、はつらつとした声で答えた。「青信号になって渡るようにと、新一年生の子ども達を見守られているんですね」

「そうなんです。交通事故に遭わないように安全に通学してほしいですからね」

輝く笑顔でその女先生は声を弾ませた。

新年度となった頃であり、その年はまだ桜が満開に近く、新入学の小学生もその先生も、新入学の大学生も、これからの学校生活に希望で胸を躍《おど》らせていた。

正門の両側に大きな桜の木があり、木全体が桜色で輝いていた。前庭の中央が花壇となっていて、色取り取りの三色菫《すみれ》がぐるりと中央のフェニックスの周りを囲んでいた。菫の花々の間に等間隔でチューリップが植えられていたが、まだ葉は成長しきれていなく、これから大きくなりそうで、蕾《つぼみ》となりそうな部分もまだ今から成長していくのだという可能性を含ませていた。

「頑張って下さい」と、その女の先生と寅次は別れたのだが、それから三年後に、また寅次にとって大変なことになるとは、当然この時には思っていなかった。

その後、寅次は小学校の正門前を通る度に、あの女先生と再会出来ないかなあと思いながら通過していくのだが、その後三年間はただの一度もその女先生に会うことはなかった。

最初の出会いから三年後の早春の季節を迎えていた。大学は春休みになっていたのだが、小学校はまだ三学期で、終業式は迎えていなかった。六年生の卒業式もまだで、小学生達はその年度の勉強をしていた。

この日も寅次は小学校の正門前を通ることになったのだが、「あれっ」と自分の目を疑った。小学校の正門から若い女性が出て来た。寅次は三年前の女先生の姿を思い浮かべてみた。三年前のあの女先生と、今正門から寅次の方向へ向かってきている女性は同一人物であろうか。同一人物ならいいのだが、別の人物でもあるような気がした。それで、その若い女性に声を掛けてみた。

「この小学校の先生ですか」

するとその女性は、

「いや違います。まだ学生ですから」と言った。

寅次は、確かに違うと思った。ずっと若いと思った。その若い女性は、寅次の向かう方向へ一緒に歩きだした。二人は並行して歩くことになった。

「私はまだ高校を卒業したばかりで、大学を受験した後なんです」

そう言って、歩きながら色々と説明してくれた。

私立大学には合格しているが、国立大学の合否の発表がまだなので、発表を待っている段階だということだった。受験した大学は両方共に京都なので、四月から京都へ行くということだった。

「ここにも立派な大学はたくさんあるので、京都でなくてもいいんじゃないですか」

と寅次は言ったが、その人は、

「京都に行ってみたいんです」と言って、次のように話してくれた。

京都の私立大学は合格しているので、もし第一志望の大学に合格しなくても、京都で大学生活を送ることは決定している。卒業後には、英語力を生かして海外に留学したいということだった。

寅次は言った。

「お母さんは、あなたが京都の大学を卒業したら実家に帰り、家の近くで就職してほしいと思っているんじゃないですか」

ところが彼女は、

「いや、母は、私が海外へ行って視野を広げてほしいと言っているんです」と言った。

寅次は驚くとともに、確かに興味を持った。あくまでも京都の大学に行くことや、その母親の考え方に興味を持ったのであって、決して彼女自身に好感を持ったのではなかった。それなのに、この後の展開ではまるでストーカーでもあるかのようになっていくのだった。

両親は娘が京都に行くことに賛成しているし、大学が決定したら住む場所を決めるために、春休み中に京都に行くということだった。寅次は彼女の母親の考え方に共感した。現代の女性は国内に留まるのではなく、海外に出て視野を広げ、世界に羽ばたく国際人に成長していってほしいというものだった。そのような考え方を素晴らしいと思った。

彼女の母親は近くの高校の先生であり、父親も少し離れてはいるがやはり高校の先生をしていると、彼女の方から寅次に教えてくれた。数日後、ストーカーとして警察官達が寅次を逮捕しに来るのだが、彼等は何故寅次が、彼女の母親や父親の勤務先を知っているのか、どのようにして勤務先まで調べたのかと、それらのことも寅次を逮捕へと向かわせる理由となっていた。寅次の側からすれば、母親や父親の勤務先は、その娘が教えてくれたのであって、母親や父親と話したかったのは、特に母親の、若い人が海外で視野を広げ、国際人に成長してほしいという考え方に共感したからだった。しかし、螺旋《らせん》階段を転げ落ち続けている寅次は、ストーカーとして警察官達に追われ続けることになる。寅次はストーカーであるとマークされていた。

四月から京都の大学生となるその娘の名前は池江理華ということだった。小学校の正門から出て来た女性を、寅次は女先生だと思ったが、実は理華だった。寅次が声を掛けた時、理華は戸惑った表情をしていた。その時、寅次は人違いをしたことに気づいていたのに、歩く方向も同じで、理華の話の内容が寅次の気持ちを捉《とら》えたことが、ストーカーの疑いをかけられる方向へと進んでしまったのだ。すぐに京都の街へ行く人なのだから、寅次の気持ちとしては、ストーカーと思われることはないという考えだったのだが、東部警察の考えは違っていた。ストーカーというのは、どのような条件であろうとも、犯行を伴うものであろうと寅次は考えていたが、警察はそうではなかった。寅次の主張は、三年前に会った小学校の先生に再会したかったのであって、京都へ行く理華を追いかける気持ちは全く無かった。但し理華に第一志望校に合格してほしかったし、母親の「娘が大学を卒業したら視野を広げるために海外で勉強してほしい」という気持ちに興味を持ったのは確かだった。

　理華と話した数日後、まだ終業式は迎えていなかったが、小学校の正門に入ってみた。三年前の女先生との再会を願っていたが、運命の神は幸運をもたらさなかった。先日、理華が正門の外へ出て来た方向へ歩を進めると、細い道に通じていた。寅次は少し不思議な気持ちになり、思い切って細い道に足を入れ進んで行った。小学校の敷地なのだろうとは思ったのだが、細い道を進んでいくと、なんと一般の道路に通じていた。暫く歩いていくと、幸か不幸か『池江』という玄関の表札を見つけた。その時は、当然寅次の所へ警察官達が来るとは思っていなかった。玄関の表札を見つけ、呼び鈴《りん》まで押してしまったことが、警察の説明では「完全にストーカーである」ということになるのだった。警察によると、若い女性に声を掛け、その後家まで探し、家を訪問している。その後女性の両親の職場まで探し当て、警察の尋問の後に仕返しに行っているということになってしまうのだが、寅次の考えによると、全くのお門違いであって、いくら主張しても伝わらないと諦《あきら》めることになるのだった。

『池江』という表札を見つけ、寅次は呼び鈴を押した。まだ昼間で、外は明るかった。「誰も出てこないかもしれない」と思った。ブザーを押し少し待つと、玄関先に人の気配がした。出て来た人物は、理華でもその父親でも母親でもなかった。なんと理華の二歳年下の妹だった。四月から高校二年生になる次女だった。当然、寅次は理華に妹がいるとは知らなかったし、本当に驚いたが、少し話をして、姉妹の仲は良いかとか、妹も姉と同じ高校に通学しているのかを聞いて、その家を去った。

次の日、寅次の所へ警察官達が来たのだが、彼等の言い分では、もうこの訪問自体が悪いということだった。二人の娘のいる家庭を、知り合いでもない人間が訪問することがもう犯罪であるというのである。寅次は、理華の父親や母親と話したかったのであって、京都へ行く理華やその妹に用が有ったのではない。警察は、寅次は理華やその妹を追いかけるストーカーだと決めつけた。

寅次が池江家を去る時に気が付いたのだが、隣の二階建てのアパートの階段下に一人の男がいて、寅次が玄関先で理華の妹と話をしている様子をジッと見ていた。彼が寅次を不審者だと思って監視していたのは確実だった。そのことは寅次は知っていたのだが、それが更に寅次の不利になるとは思いもよらなかった。まさに壁に耳あり障子に目ありである。

次の日の朝、寅次の家に警察官達が来た。玄関の呼び鈴が鳴ったので出てみると、そこには非常に逞《たくま》しい二人の警察官が立っていた。「お尋ねします。昨日、池江さん家へ行かれましたか」

この地区の管轄は東部警察署である。二人は東部警察の凄腕《すご》のようである。

寅次は「はい、行きました」と言ったが、遂に東部警察が仕返しに来たと思った。大学の近くの交番でも三人の警察官達の制止を振り切って帰ったことに対し、今回は一年後にはなるが、強い気持ちで乗り込んで来たと寅次は思った。前回とは全く別件だが、東部警察では両方共にストーカー容疑だった。寅次の気持ちは、池江理華とその妹を目的として池江家を訪問したのではなく、理華の父親や母親と話をしたかったのだ。ところが東部警察から見ると、池江家まで行ったということは理華や妹を狙っていると推測したのである。そのように決定したのには、理華の父親からの警察への相談だった。理華の妹が寅次のことを母親に話した。家に帰って来た理華からも話を聞いた。母親の心配を増加させたのは隣のアパートの一階部分から、寅次の訪問を見ていた男からの連絡である。

「不審者が来ていましたよ。警察に連絡したほうがいいですよ」この隣人からの伝言は、理華の両親を震撼させ、不審者に対して疑心暗鬼に陥らせた。

父親が警察に相談すると、寅次には前科があると言われ、警察に理華とその妹を守ってほしいという気持ちが強まっていった。そして次の日の朝、東部警察から五人態勢の警察官達で押し寄せて来たのだった。

警察の言い分と寅次の言い分はどうしてもかみ合わなかった。警察の主張は、池江理華の父親からの連絡で、理華とその妹のストーカーをしないようにということだった。寅次の主張は、理華と話した内容に興味を持ち、その両親と話をしたかっただけだというものだった。警察の立場からみると、相談の連絡を受けた以上、自分達の仕事を完了させるしかない。寅次の立場からすると、警察の言い分通りに妥協することは、自分の本心に嘘をつくことになる。両者の主張は平行線を辿《たど》るしかなかった。

寅次の目前《もくぜん》に対峙《たいじ》する二人の逞しい警察官。すぐ側に別車輌に待機する三人の警察官。警察側からすれば、寅次が素直に「池江理華とその妹のストーカーをしません」とサインすれば、彼等の仕事は終了したことになる。でも、寅次は妥協して自分の本心に嘘をつくことは、自分の自尊心が傷つくし、人権の尊重が守られないのではないかと思った。時間は刻々と経過していく。警察官達も寅次も、腹が減っては戦は出来ない。夜になれば眠くなる。

次の日、寅次は理華の母親に、自分の気持ちを理解してほしいと思って、母親の勤める高校へ向かった。理華と話した時に、母親の勤務先は聞いていたのだが、警察は、寅次はその勤務先を調べ、母親への暴力を振るうと思ったようだった。警察の言い分は「犯罪防止、犯罪予防」である。

寅次は高校の正門を入り、玄関を通過し、受付で「池江先生と短時間でいいのですが、お会いして話をしたいのですが」と伝え、理華の母親と話したい旨を伝えた。大学卒業後に理華の海外留学を支持しているという、母親の気持ちを聞いてみたかった。そして、理華やその妹をストーカーする気持ちは微塵《みじん》も無いことを伝えたかった。学校の受付の事務員の女性から玄関に最も近い教室に案内され、寅次は教室の一番後ろの座席に腰を下ろした。生徒達が一般の授業を受ける教室ではないらしく、生徒個人個人の机ではなく、四、五人が一列で座れる長机が並んでいた。

寅次は教室の中で一人、理華の母親が現れるのを待ち続けていた。休み時間のチャイムの音は聞こえたが、誰も入って来ずに、寅次は一人静かに後部座席に座っていた。どの位の時間が経過したのだろうか。教室に入って来たのは数名の警察官達だった。場所は学校である。騒ぐ訳にはいかない。

　理華の母親と話をしに来ているのに、何故警察官達が来たのか。母親は娘達が心配で、寅次をストーカーだと思い、昨日、父親と一緒に警察に相談をした。その連絡を受けて、東部警察の五人が寅次に対し警告をしている。それなのに母親の職場を訪問したということは、職場まで調べて、母親に危害を加えるために来たと誤解したようであった。職場の場所は、寅次が初めて理華に会った時に、理華自身が教えたことであって、特に寅次が調べたのではなかった。危害を加える気持ちは全くなく、誤解を解くために話をしたかったのだ。そしてもう一つ理華が京都の大学卒業後に留学したいという気持ちを母親が応援するというその心の広さを聞きたいのだった。両者の考えは全く違っていた。つまり学校内から母親が警察へ連絡を取り、警察官達が来たのだった。驚いたのは、学校の受付の事務職員達と学校の責任者だった。その学校の教諭である母親が警察へ連絡してほしいと言うのだから仕方がない。

　もっと驚いたのは寅次だった。昨日、寅次と対峙した二人の逞しい警察官の内の一人は、この日も寅次の前に姿を見せたが、もう一人別の猛者は来ていなかった。寅次にとって辛かったのは、写真担当の警察官に「ガシャリ、ガシャリ」としっかり写真を撮影されたことだった。撮影されたくないという理由で、教室内を激しく動き回るわけにはいかなかった。しかし、警察官達が力を使って強制的な行動をする時には、「ここは学校ですから、あまり騒がしい音は立てたくないです」と、力の行使を制止することが出来た。

「覚えているか。一年前に大学の乗馬クラブで会ったじゃないか。乗馬クラブの学生部員達はみんな元気だ。みんな仲良く活動しているし、お前はその後、乗馬クラブには行っていないようだな」

そのように声を掛けたのは、今回の警察官一団を誘導してきた隊長と思われる警察官である。寅次はこの隊長の顔は覚えていなかった。大学近くの交番の三人の顔は覚えていたが、この隊長の印象は残っていなかった。乗馬クラブの敷地にパトロールカーで駆けつけたのが四人。その内二人が交番に残り、二人はパトロールカーから寅次を交番へ降ろし、交番を離れ、パトロールへと向かった。その時の二人の一人が今回の隊長だったということになる。

この隊長は、乗馬クラブ敷地でも全体の指揮者だったが、寅次を交番に運んだ後交番には残らなかったので、寅次の件はあまり詳しくはなかった。しかし、隊長の印象に寅次のことが詳しく残ったのには訳があった。乗馬クラブの時は、浅田真凛と福山寅次の両者の言い分を聞き、あとは全て交番の三人に任せた。隊長にとっては、大《たい》した問題ではなかった。それなのに、後で交番の所長から聞いた説明で、少し隊長の考えが変わった。

所長にもメンツがある。所長としても面目をつぶす訳にはいかなかった。隊長に対しての説明に微妙な嘘があった。「ストーカーをしません」という誓約書を寅次が読んだことにしないと、所長達は職務に欠ける所が出てくる。所長は「その誓約書に寅次は自分で目を通しました」と、隊長に伝えた。本当は、寅次は目を通してない。あの時、寅次は交番での三人の取り調べは「人権侵害」だと憤慨していたし、「こんなに一方的に寅次の主張をはねのけ、威圧した態度で迫ってくる三人と学生課の職員に負けてたまるか」と思い、警察で作成した書類は読まなかったし、当然サインもしなかった。二つ目の所長の微妙な嘘は、寅次が交番を出て帰った件だった。寅次は、自分の主張はどうしても伝わらないと思ったので、交番を出て歩いて帰っただけだった。そのことを所長は隊長に次のように伝えた。

「福山寅次が誓約書を読んだので、その書類にサインするように伝えると、彼はサインをせずに、交番を出て逃げたんです。相手はとても素早かったので、残念ながら取り逃してしまいました」

所長とすると、立場上隊長に対し取り繕いたい気持ちは当然だった。そのように聞いた隊長は、

「あいつは思っていた以上に悪党だ。なんとしても、乗馬クラブの学生達を守ってやらなくてはいけない。奴《やつ》はきっと仕返しに来る。その時は自分の手で必ず捕まえてやる。俺がお前の処へ行くので、その時を待っていろよ」と自分の心に誓った。

その後、隊長は機会あるごとに、乗馬クラブ周辺をパトロールして、その度に乗馬クラブの部員達に声を掛けた。特に、浅田真凛と初め警察に一一〇番通報をした男子学生に「私達がしっかりと君達を守るから心配しなくてもいい。もし君達に危害を加えるために福山寅次が来たら、すぐに一一〇番通報をするんだよ。また来るかもしれないから、常に気をつけるんだよ。警察は必ず君達を守るから、心配しなくてもいいからね」と、強く念を押した。

しかし、寅次の気持ちは、隊長の考えとは全く違っていた。真凛と会って、もう一度書類の件を尋ねてみたかったのは確かだったが、問題がこじれてしまった以上、もう真凛に会おうとは思わなかった。そして、真凛に対しても男子学生に対しても、全て終了しようと思っていた。男子学生に対しても全く悪意は持ってなかった。

あれから約一年が経過したことになる。三学年の後半から、景子は卒業後の就職活動で忙しくなり、寅次とはあまり会わないようになってしまっていた。そして春休みとなり、また寅次は池江理華との件で、警察がマークする羽目に陥っていた。二度あることは三度である。

事ある毎に、寅次は菊池寛の小説『形』を思い出す。侍大将中村新兵衛が身に着けていた「猩々緋《しょうじょうひ》の服折《はおり》と唐冠《とうかむり》の兜」は、味方にとっても敵にとっても『形』そのものだった。

大学の乗馬クラブのメンバーにとって、警察官達は猩々緋の服折を着て、唐冠の兜を被《かぶ》った人達だった。交番の警察官達にとっては、大学の学生課の職員は、一つのはっきりとした『形』を持っていた。寅次は、猩々緋の服折と唐冠の兜を主君の側腹の子に貸し、一般の兵士の黒革縅の鎧を着て南蛮鉄の兜を被った中村新兵衛の気持ちが、自分のことのようにひしひしと感じ取られた。

今回の池江一家にとって、やはり警察が猩々緋の服折を着て唐冠の兜を被った中村新兵衛だった。普通の黒革縅の鎧を着て南蛮鉄の兜を被った寅次が、いくら誠意を込めて池江一家に自分の気持ちを伝えたいと思っても、警察が立ちはだかり、気持ちを伝えることは出来なかった。

警察官一団を誘導してきた隊長は、池江の件では、寅次が理華の母親に仕返しに来たのであって暴力を振るう可能性が高いと思い込んでいた。警察側の考え方として、それは一般的な考え方ではある。しかし、寅次は自分の気持ちを母親に分かってほしいということであって、暴力を振るうという考えは微塵《みじん》もなかった。

寅次は教室の後ろの椅子に腰かけていたが、隊長は寅次の後ろに回り、寅次の背後から力強く寅次の両肩を持ち、上へ引き上げ、

「もう帰るぞ」と言った。

寅次は隊長の強引な実力行使に驚き、

「暴力を使うのか」と反発した。

これには隊長も少しひるんだ。寅次が立ち上がり、隊長の方向に右回りで振り返ったが、隊長は、「机に座っているぞ」と言った。

そう言われてみると、確かに寅次は立ち上がり隊長の方向に振り向いた形で、机の上に臀部《でんぶ》を乗せて座る姿勢になっていた。日本人として机に座るのは好ましくないことは寅次も納得したので、またきちんと椅子に座り直した。この些細な出来事で、二人の関係に微妙な変化があった。隊長は寅次を帰したかったが、寅次は、

「私は池江さんのお母さんと話をしたかっただけなので、あなた達が帰ったら私

も帰ります」

と言ったが、隊長とすると、寅次より先に撤退することは当然出来ない。寅次は言った。

「学校の責任者の許可を得て、この教室に案内されているので、もしその責任者から帰ってほしいと言われたら、私は帰ります」

その言葉を聞いて、隊長は教室を出て、学校の責任者の許《もと》へ行った。暫くして学校の責任者が教室へ入って来て、帰ってほしいと旨を伝え、寅次は帰る決心をした。

玄関から外に出た。玄関の受付の前に、数名の警察官達が神妙な表情で、寅次が校舎の外に出る様子を見守った。寅次は不思議な感覚だった。池江理華の母親に、娘にストーカーのような行動をする気持ちは全く無く、理華が海外留学を希望すれば、それを推薦するという気持ちを称賛したかったのに、全く予想もしていない展開となっていた。

玄関から正門まで少し歩道が続き、微《かす》かな下り坂となっていた。寅次は少し歩いた所で立ち止まり、玄関の方向を振り返ってみた。玄関前では、警察官達が並んで寅次を見送っていた。寅次は向かって左から人数を数えた。一人。次二人目、なんと女性警察官だった。若かった。学校で警察が活動する際は女性警察官も同行するのだろうかと思った。生徒の中には一体何の事件が発生したのだろうと心配して、気分が悪くなる生徒も出るかもしれない。看護役も兼ねて女性警察官が同行するのだろうかと思った。

以前、寅次が落とし物を交番に届けた時があった。壁に警察官募集のポスターが掲示されていて、その中に女性警察官も募集とあったので、寅次が、

「女性警察官も募集しているのですね」

と言うと、その交番の警察官はポッと顔を赤らめて、

「そうなんですよ。私達の仕事は男中心の社会ですので、女性をたくさん募集しているんですよ。あなた、もし警察官になりたいという女性を知っていたら、ぜひ推薦して下さいよ」と言われた。

寅次の頭にすぐにはそのような女性は思い浮かばなかったので、「今のところは、そんな女性はいませんね」と言ったが、「今は思い浮かばなくても、心に留めておいて下さい」と言われ、その警察官に親しみを感じたことを思い出した。

理華の母親が勤務する学校の玄関外に並ぶ警察官達を向かって右へと数えていったが、昨日寅次の前に姿を現した逞《たくま》しい二人の内の一人はその列の中にいたが、もう一人は含まれていなかった。右端まで数えると、隊長も合わせて九人だった。寅

次は、隊長は部下八人を引き連れ、寅次を逮捕するために九人態勢で来たのだなと思った。九人の中の一番若い警察官が小走りで寅次に近づき、

「母親に暴力を振るうために来たのではないですよね」と言った。

「とんでもないですよ。ストーカーだと誤解されたくないので、誤解を解くためにお母さんに私の考えを話しに来たのです」

と寅次が言うと、若い警察官はホッとした表情で、

「いや、良かったですよ。最近はいろいろと大変な事件も多いので、安全な世の中がいいですよね」

と言うので、寅次も嬉しくなり、

「警察官の方々も大変ですね。私には暴力を振るう気持ちは全く無いので安心して下さい。九人の中に一人女性がいましたね」

と言うと、

「そうなんですよ。でも、全体では女性は少ないんですよ」

と、その若い警察官も、女性が少ないことには少し物足りなさを感じているようだった。二人で話しながら、正門の外に出た所で、寅次が、

「もう少し歩きながら、もっと話をしましょうよ」

と、その警察官に声を掛けると、

「いや、他のみんなが待っているんです。私達の仕事として、門の外まで同行し、その後はみんなで今回の件の話し合いをしなくてはいけないんです」

と、寅次に対し気を許したのか、内輪の事情まで話してくれた。寅次を校外へ送り、寅次の帰る様子が確認出来たら、その隊へ戻り、その後のまとめの話し合いをして、それぞれ乗ってきた車輌で帰っていくようであった。

寅次は、九人態勢で警察隊が来るとは全く予想もしていなかったが、帰りながら思った。若い警察官が寅次と一緒に校門の外まで来たのは、事件が再発生しないための行動だろうし、玄関で隊員みんなで寅次が帰るのを見ていたのは、逮捕するような事件ではないようだが、念には念を入れて犯罪防止のための見守りをしていたのだろうと。しかし、寅次はその様子を次のように考え直してみた。高級ホテルに宿泊した後帰途につく際、そのホテルの玄関を出る時に、宿の女将《おかみ》と共に多くの従業員が並んでお見送りをしてくれているようだなあと。しかもその中の一人が、客に外まで付き添って送ってくれているみたいだなあと。

そのように面白可笑《おか》しく考えながら歩いていると、先程の隊の中の一台のパトロールカーが、寅次を追い越していった。パトロールカーを見送りながら寅次は、どうして関係者同士が直接に顔と顔を合わせて、納得のいく平和的な解決が出来ないのだろうかと思った。

数日後、寅次が街を歩いていると、赤信号で止まっている車列の先頭がパトロールカーだった。寅次にはパトロールカーの運転手は確認出来なかったが、助手席の人物に目をやると、本田真央の件で来たカメラ担当の警察官だった。あの時寅次は写真を撮られないように行動したが、その若い警察官の優しそうな顔は覚えていた。寅次は思わずその若い警察官に手を振りそうになったが、彼は何となく気まずそうな様子で、他の方向へと目をやった。その真面目そうな若者は、確かに寅次を確認していたようだったが、寅次には気付かれたくないような様子だった。

また別の日、寅次は西部警察署管内の交番に、某新聞社の所在場所を聞きに行ったことがあった。寅次が交番に近づいた時、若い三人の警察官達が自転車でパトロールに向かおうとしていた。道を尋ねたかったので、寅次は自然体で交番に入っていった。ところが、出掛けようとしていた三人は、乗りかけていた自転車を引き返し、自転車を停めて交番に入ってきて、みんなで某新聞社の所在地を丁寧に教えてくれた。四人で対処してくれるのは有難かったが、彼等も大変だなあと思った。

そして数日が経過した。昨年と同様に、年度が変わる春休み前後は、景子と寅次は顔を合わせることはなかった。

景子は三学年の後期から就職活動が忙しくなり、かなり熱心に数社の就職希望の書類提出に時間を費やしていた。学生達にとっては売り手市場のようで、景子の努力もあり、採用内定希望社もあり、本決まりへと持って行けそうであった。

この年の春も例年と同じように百花繚乱の花々が咲き誇っていた。早春には灌木《かん》に山茶花《さざん》から木蓮《もくれん》へと、もう少し高い木々で梅や桃や桜へと美しい花々が続いていた。土壌では水仙、タンポポ、三色すみれ、ポピー、パンジー、グラジオラス、チューリップ等が華やかに春の彩りを加えていた。

景子も寅次も四年生となり、景子の就職活動も終盤に向かっていた。寅次は昨年と同様に、警察から追い回される日々が続いていたが、空を見上げると、春がすみの青空が広がっていた。

会社訪問もなく、大学の講義もない日に、就職活動の合間をみて景子は郊外の緑の多い地方へと足を運んでみた。菜の花畑では紋白蝶も飛び始めていた。その郊外には田畑が広がっていて、空を見上げると、雲雀《ひばり》が空高く小さく見えた。春の空ではピーチクパーチクと雲雀の鳴き声は聞こえても、姿を見つけられないことも多い。

この日は、幸いにも小さく高く雲雀を見ることが出来た。椿の木の茂みでは、目白が鶯《うぐいす》色の羽を羽ばたかせ、数羽で往ったり来たりしながら囀《さえず》り合っていた。動植物も好きで、自然も好きな景子は、就職活動も順調に進んでいたので、この年度も順風満帆の様態だった。

一方、寅次はこの年度も大変な状態を引きずっていた。新垣景子著で完成した本を、寅次は自分に対し誤解している人々に読んでもらいたいと思った。池江理華は既に京都の大学に通っている。彼女の母親は寅次を怖がっているようなので、父親に読んでもらいたいと思った。次に本田真央とその母親である。最後に原因となった浅田真凜である。この本を読んでもらったら、きっとみんな誤解を解いてくれるだろうと思っていた。そして、寅次はそのことを実行へ移していった。

理華の父親の勤務先は、理華との最初の出会いの際に、寅次は理華本人から聞いていた。東部警察や西部警察の管轄地から遠く離れた場所に父親の勤務先はあった。数本の電車を乗り継いで目的地へ向かった。ようやく捜し当て、学校の受付で、その学校に理華の父親が在職していることを確認し「池江先生にこの本を渡し、ぜひ読んでもらって下さい」と言い残して、その学校を去った。

この時、寅次は理華の父親に会う気持ちは全く無かった。その本を読んでもらって、誤解を解いてもらいたいという気持ちだけだった。それなのに、寅次の目的は理華の父親には通じなかった。寅次の所へ警察官達が来たのは次の日だった。

寅次の目の前に二人の警察官が姿を現した。

一人は上司のようで、苦《にが》みばしったしかめっ面《つら》で、寅次と対面した。しかし、もう一人の若い警察官は、親しさを込めた表情で言った。「寅次さん、今度は池江理華さんの父親の件できました」

「またか。理華の父親に直接には会っていないし、ただ本を届けに行っただけなのに、なぜ警察官達が来なくてはいけないのか」と寅次は言いたかったが、口には出さなかった。

それにしても寅次は驚いた。非常に親しげである。しかも、その警察官とは、以前にどこかで会っている。しかし、所管する警察署の管轄関係で、どうしても彼の所在する場所が理解出来なかった。彼は親しみを込め、丁寧に説明をしながら言った。

「私は三月まで、西部警察に所属していました。その時には、本田真央さんの件で警告するために寅次さんを捜し当て、あの時は寅次さんと対決しました。しかし、真央さんは寅次さんからの手紙を読み、あの件は終了したと私達に連絡してきました。手紙に書かれていた寅次さんの気持ちは、きちんと伝わっていたようでした。本田真央さんの件は完全に終了です。しかし、今回は池江理華さんの父親の件です。あそこは南部警察の管轄内ですので、南部警察から本部の連絡が入りました。私、西郷亮平は寅次さんを知っているので、私が上司を案内してここに来ました。私は四月から西部警察から本部へ異動となりました。今回も犯罪ではありませんが、先方から連絡を受けると、私達は行動しなければならないのです」

寅次は、本田真央の件で、必死で誓約書を読み上げようと努力していた警察官を思い出した。そうだ、彼が西郷亮平だ。あの時西郷は、誰が通報したのかは一切発言しなかった。通報した人物の名前を決して明かさなかった西郷の姿勢は、弱い立場の人物を守ろうとする真摯な態度であると、寅次は強く心を打たれた。そして、西郷は寅次に対しても親愛的態度で接し、とても良い印象を与えた。どの職業においても良識的な人もいるし、その逆の人もいるものだ。寅次は西郷の申し出を受け入れることにした。

池江理華の父に手紙を書いてほしいと、ノートの切れ端を渡したので「池江さん家への訪問はしないので、どうぞ心配しないでください」と書いて届けてもらうことにした。ノートの切れ端では少し雑ではないかとは思ったが、西郷のとっさの判断のようだった。西郷は形式的な手続きではなく、臨機応変な実質的な解決策を選んだのだった。前回の本田真央の時、寅次が真央に手紙を書いたことで、真央の件は終了した。そのことを知っていた西郷は、池江家の件でも、寅次の手紙を届けることで、全てを終了させたかったのだった。

「でも、お父さんの職場は遠いのに、なぜそんな遠くまで行ったんですか」

と西郷が聞くと、寅次は

「池江理華さんのことを誤解されていると思ったので、初めはお父さんに会って話をしたかったのですが、職場が遠いので、近くのお母さんに会って誤解を解きたかったのです。ところが、お母さんに会えずに、東部警察から九人態勢で押し寄せて来たではありませんか。それで昔から家族の大黒柱は父親だと言われているので、お父さんに理解してほしいと思って、本を届けに行きました。本人には会ってもいませんし、学校の受付に、池江先生に本を渡して下さいと言って帰っただけです」

と言った。本を読んでもらって、寅次の気持ちを理解してほしかった。それなのに、理華の父親には本を読むことさえ拒絶されたのだった。この時点では理華自身は京都の大学に通学しているので、会いたい気持ちは全く持ってはいない。そのことを母親に説明したいと思っても、寅次を恐れて会ってもらえない。寅次は一度も母親には会ったことはない。父親にも会ったことはないのだが、父親に理解してほしいと思って届けた本でさえ全く読もうとする姿勢もみせない。寅次は西郷に言った。

「私の本心は、人はお互いに直接に対面してそれぞれの気持ちを伝えることが大切だと思うのです。でも今回はお父さんにも会えそうにないので、西郷さんの方から私の気持ちを伝えて下さい」

西郷は寅次に代わって、寅次の気持ちを理華の父母に伝えると言った。この件は西郷の裁量で終了することになったのだが、西郷の口から意外な言葉が発せられた。

「以前の本田真央さんのことですが、今の若い女性の中ではあんな人は珍しいですよね」

その言葉をどのように理解すればよいのかと寅次は考えてみた。珍しいとは少数派だということだろうが、多くの若い女性達はどんな人々だと西郷は思っているのだろうか。

「西郷さん、若い女性達はどんな傾向があるのですか」

西郷は意味深長に答えた。

「あまり真面目ではないと言うか、チャラチャラしている若い女性が多いじゃないですか。それに比べると、真央さんは仕種《しぐさ》が違うじゃないですか」

「仕種が違うということは上品だということなのか、それとも可愛いということなのか」と寅次は言いたかったが、口には出さずに、喉《のど》の奥に飲み込んだ。それまでの経験で余計なことを言うと、大変な方向へ進んでしまうことを、嫌というほど感じていたからだった。寅次も西郷が言うように、真央の仕種には、人を引きつけるものがあると思った。彼女は背が高い。それで、若い女性としては、少し首を傾《かし》げて少し背を低く見せたいというところがあるのかもしれない。確かにその仕種には、相手を魅了するものがあると、寅次も思った。

実はこの時点で、真央にも本を読んでもらいたいと思っていたのだった。浅田真凛の件から、寅次の警察官達の対立が始まった。次が真央の件だった。その時のことを新垣景子が『警察官達との闘い』という小説に書いてくれた。その小説の原稿を出版社に持っていく時に、池江理華と出会ったのだった。理華からその父親と母親の職場は聞いていたので、たとえ理華が京都に行っていたとしても、父親と母親には本を読んでほしかった。しかし寅次の要望は実現しなかった。それでも、まだ真央と真凛には、本を読んでほしいと思い続けていた。次に真央に直接に本を届け、最後に真凛に届けたいと思い、この時点では要望は実現できると思っていた。ところが負のスパイラルに陥ってしまうと、どのように踠《もが》こうとも、海に落ちた者が、思うように泳げないのに似ている。

西郷からの真央に関しての発言もあり、寅次は真央に本を届けるために、真央の通う大学へと向かった。真央の誤解を解きたい一心で大学の門を潜《くぐ》った。二冊手にして、一冊は真央本人に、もう一冊は真央の母親に読んでもらいたいと思っていた。

校舎のある方向へ暫《しばら》く歩いていくと、一人の女子大学生に出会った。寅次は声を掛けた。「二年生の本田真央さんに会いたいのですが、ご存じないですか。部活動はバドミントンなのですが……」

と聞いてみたが、その学生は

「知りません」

と言った。しかしその表情から、言葉とは逆のものが浮かび上がっていた。寅次は、知らないと言う学生は、ひょっとしたら知っているかもしれないと思った。その学生に何年生かと尋ねると、二年生だと言った。真央と同学年だ。その学生の所属する部活動を尋ねると、バドミントン部だと答えた。同学年で同じ部活動なら真央を知らないはずはないと思った。それでもう一度、真央を知らないかと聞いたが、それでも彼女は知らないと言い張った。でも意外なことに、彼女はすぐに寅次から立ち去ろうとはしなかった。寅次は思った。この学生は真央を本当は知っているのに、知らないと言い張る。どうしてなのだろう。この学生は少し寅次に興味を持っている。それなのに真央を守ろうとしている。寅次は本を真央に渡すために来たのに過ぎない。多くの学生達は前回の真央と寅次の件を知っていて、とにかく真央を守らなくてはいけないと思っているのではないか。

暫《しばらく》くすると、この大学の学生課の事務職員が寅次に近づいて来た。彼は寅次を知っている様子だった。彼は寅次に尋ねた。

「どのようなご用件でしょうか」

好感を持てる対応だったので、寅次は、

「二年生の本田真央さんに、本を読んでもらおうと思って持ってきたのです」

と言って、バッグから本を二冊取り出した。

「一冊は本田さん本人に、もう一冊は本田さんのお母さんに渡したいので二冊ほど届けに来ました」

事務職員は、寅次の来校の理由を理解した。そして、

「私は学生課の職員で、鈴木隆盛です」

と言って、首に下げてある自分の名札を、寅次に見せた。寅次は鈴木の対応に好感

を持ち、二冊の本を鈴木に託した。鈴木は、
「一冊は本田さん本人に、もう一冊はお母様にということで、二冊を本田さんに渡せばいいのですね」
と言って、ここ数日以内に必ず渡すと言って受け取ってくれた。寅次は真央本人に直接渡したかったのだが、この鈴木という人物なら間違いないと思い、帰ることにした。真央を知らないと言い張った学生も鈴木の傍《そば》にいて、寅次が校門を出て帰っていくのを見守っていた。

それから数日が経過し、寅次に鈴木からの連絡が入った。

鈴木は真央に本を渡す前に、自らその本に目を通したということだった。寅次もそのことには納得がいった。しかも鈴木はその本の内容に感動したということだった。その後、真央に本を渡す手続きを取ったが、残念ながら真央本人は受け取りを拒否したということだった。真央の母親は、真央を非常に心配しているので、真央を守ってくれる公共機関に連絡して身を守ってもらうようにと、強くアドバイスしていた。寅次には真央に危害を加える気持ちは全く持っていなかったので、西郷達との闘いとなっていた。その後、真央に手紙を届けたことでこの件は終了した。それから一年以上が経過し、そのことを書いた本を読んでもらい誤解を解きたかっ

たのだが、真央は本の受け取りを拒否した。真央と母親に読んでほしかった二冊の本をどうしたらよいのか。寅次は鈴木に言った。

「一冊は鈴木さんが貰ってもらえませんか。もう一冊は学校の図書館に納めてもらえると有い難いです」

鈴木は一冊は自分で受け取り、もう一冊は図書関係者達の合意があれば、図書館に納めるということで、この件も全て完了した。

寅次にとって最後は、浅田真凛への本の手渡しを残すのみとなった。理華の父母と真央の両方共に失敗。最後の真凛へはしっかりと本を渡して、この件を無事に終了させたいと強く思った。

大学の文化祭の時は、他の学部の学生達も一斉に構内で活動する。文化祭当日となり、構内の通路には、学部や部活動等のグループがたくさんの屋台を出していた。通路は学生達だけでなくその家族や知人や近隣の人々でごった返していた。寅次は通路を歩いてみたが、行き交う人々の群れに圧倒されて、これではとても真凛を見つけ出すことは難しいと思った。

焼き鳥を売る屋台、わた菓子を売る屋台、焼きそばを売る屋台等様々な店が並んでいたが、その中の一つに胡麻団子を売る屋台があった。小さな紙コップに小さな胡麻団子が六個入っていて、価格は三百円で売られていた。一個の団子の値段は五十円だ。その屋台には四人の学生達がいたが、販売担当の学生に声を掛けた。

「二年生の浅田真凛さんを捜しているのですが、知りませんか」と寅次が尋ねると、

「知ってます」と言って、隣の少し髪が長く、四人の中では少し背が高い学生に、

「この人が浅田さんを捜しているらしいので、渡辺さん聴いてあげて」と言った。

寅次の話を聴いてくれることになった渡辺という学生に、

「浅田真凛さんは同学年ですし、よく知っていますが、どんなことですか」と言われ、寅次はこの学生にすべてを話し、真凛に本を手渡したいと思った。

友人達が、この少し背の高い学生を、仁美さんとか渡辺さんというので、渡辺仁美という名前だろうと思った。寅次は何故自分が持ってきた本を真凛に読んでもらいたいのかを説明した。仁美は寅次の話をよく聴いてくれた。仁美の態度に、寅次は直感的に真面目さを感じて、

「真面目な人ですね。私は背筋を伸ばして、直立不動であなたと話をしなくてはいけないような気がします」

と言ったが、本人は不自然には感じないようで、自然体で寅次との対話を進めてくれた。一般的に学生に対し、真面目ですねという言葉を使うと嫌がる学生が多いものだが、仁美は、そのことには殆《ほとん》ど気にしていない様子だった。寅次はこの人は本当にしっかりとした人格の持ち主だと思った。略《ほぼ》寅次の伝えたいことを述べたところで、仁美が言った。

「あそこの前を歩いている二人がいますよね。二人の左側の人が浅田さんです」

寅次は少し驚いた。目の前の二人。左側が真凛らしいのだが、正直に言って全く分からなかった。仁美に会釈をして、取り敢えず、混雑する人込みをかき分けて二人の後を追い掛けた。かき分け、かき分けして、漸《ようや》く二人の前に立てたが、寅次が声を掛けたのは、真凛とは逆の学生だった。

「浅田真凛さんですか。私は福山寅次です。この本をあなたに読んでもらいたいのです」と言って、別の学生の前に本を差し出した。

しかし寅次の間違いであって、逆側の学生が本当に驚いた表情をして、逃げるように早足になり、寅次から離れて急ぎ足で歩いた。寅次は自分の間違いだと分かり、自分が声を掛けた別の学生に、

「あなたも一緒に来て下さい」と言って、「真凛さん、この本を読んで下さい」と

言いながら、真凛の後を追った。

しかし、真凛は寅次を振り切って、早足で自分の部員達の屋台へ帰っていった。寅次は、真凛は全く自分の話を聞いてくれないと、強く思い落胆した。寅次が間違ったもう一人の学生を同行させたかったのは、その学生にも寅次の気持ちを知ってほしかったし、真凛にも安心感を持ってほしかったからだった。真凛は全く聞く耳をもたなかった。

胡麻団子を売る屋台に戻った寅次は仁美に言った。

「真凛さんは、全く聞く耳を持っていませんでした」

気落ちした寅次の話を、真面目な仁美は寅次に同情して、真剣に聴いてくれた。そして、持参した寅次の本は仁美に読んでもらうことにした。寅次は、仁美が寅次の背後の人物と会釈するのを見て取り、振り返った。真凛は同行してきた一人の男子学生に一言連絡すると、すぐにその場を去っていった。連絡を受けた男子学生が寅次の前に進んだ。そして、寅次に対し抗議するような口調で言った。

「構内では宗教の布教活動をしたり、本の販売をしてはいけないのです。そのような行為をする際には、まず学校の許可を貰わなくてはいけないのです」

この男子学生は文化祭の実行委員長のようであった。寅次には、この学生の抗議の意味がよく分からなかったが、真凛に本を読んでもらいたかったことを誤解し、真凛が寅次に会ったことを恐れてからの関連だろうと思った。男子学生の言葉から、まず宗教活動のことは全く関係がない。本は真凛に渡し、読んでほしかっただけである。売って、代金を戴くなどという考えは微塵《みじん》も持っていなかった。

学生は寅次に対し、半強制的に本部の職員の所へ行くように強要した。寅次は、この学生とのやり取りを仁美に見られたくなかった。学生に促し、二人で胡麻団子の屋台から離れ、自転車の駐輪場へ移動した。駐輪場の縁のセメントの少し高い台に座って話し合おうと学生に言ったが、学生は寅次の言葉を遮った。寅次は、学生の高飛車な態度に対し、

「あなたと喧嘩をしたくないのですが……」と言うと、学生はその言葉に同感したのか、黙った。喧嘩といっても、口喧嘩のことだ。二人はそれとなく、学校外の通りの歩道に目をやった。学生が、

「あの人は学生課の職員の方です」と寅次に言ったが、寅次の知っている竹内ではなかった。他にもう二人、寅次の知らない人物がいて、計三人で何か話し合っていた。寅次は自分のことを話し合っているような気がしたので、学生と話す必要もないと思い、歩道にいる三人の方へ向かって歩いていった。

一人は学生課の職員で、もう一人は学校の教授だった。そしてもう一人は警察官の服装を身に着けていた。寅次は、また誰かが警察に連絡をしたのだと思ったが、自分の考えを説明するしかないと思い、歩道に居る三人に言葉を掛けた。

「私は福山寅次です。私はただ、浅田真凛さんに本を届けに来ただけですよ」

警察官は交番から学校の校門にスクーターで駆けつけ、職員から説明を受けていた。寅次に気が付いた職員は、まるで寅次が犯罪者であるかのように警察官に訴えた。

「この人が女子学生に声を掛けたので、その学生が怖がっているのです」

警察官は寅次を、軟派しに来たストーカーだと決めつけた。まるで犯罪者は逮捕しなければいけないというような雰囲気だった。

教授は、別件で用事があると言って、その場を去った。残った職員は、とにかく寅次を警察官に連行していってほしい様子だった。

「交番に同行してもらえますか」と言う警察官の言葉に対し、寅次ははっきりと断った。

「前回、パトロールカーで交番に行った時、三人の警察官達にひどい目に遭ったんですよ」

そして、寅次は職員に対し、

「この警察官は、前回のあの時は、あの交番担当ではなかったので、この方と会ったのは今日が初めてなのです」と説明した。この年の四月に他の部署から転勤してきたことを、その警察官も認めた。

先ほどその場を離れた教授が連絡をしたのか、さらに二人の警察官達が寅次の前に立ちはだかった。一人は、最初の警察官よりも年長で、上司のようであった。もう一人は、なんと若い女性だった。学校に警察官が派遣される場合は女性が加わるのだろうかと思った。三人で寅次に迫ってきたが、中央に女性が位置し強く勢い良く尋問してきた。女性の迫力に圧倒されて、寅次は口を滑らせてしまった。

「もうかなり以前のことですが、警察現場に女性が採用されはじめた頃、違反すれすれの人に対し、男性警察官が『今後気を付けるように』と釈放しようとしても、女性警察官は決して許してくれませんでしたよね」

と言ってしまい、寅次は不適切かなと思ったが、意外なことに、二人の男性は納得した表情を浮かべた。そして上司が「以前の交通違反での、女性警察官の厳しかったことを言っているのでしょう」と言ったので、「そうです」と寅次が答えると、女性は、

「福山さん、あなたの発言はセクシャルハラスメントですよ」とピシャリと釘を刺した。

その言葉に圧倒されたのか、男性三人は黙ってしまった。一瞬空白の時間が過ぎた後で、女性が言った。

「あなたのバッグの中身を見せて下さい」

上司も女性の発言に同意したので、バッグの中身を披露することになった。警察官三人対寅次一人では不公平だと思い、寅次は

「あなたは私の味方になって下さい」と、最初に交番から駆け付けた若い警察官に声を掛けた。そして、

「三対一では不公平だから、この方を私の味方に加えると、二対二となって公平じゃないですか」と言ったが、若いその警察官は困った顔をして、無言だった。寅次にとって不利になるような危険な物は何も入っていないことは十分に分かっていたので、若い警察官に迷惑を掛けることはない。この若者が仏頂面をせずに、

「あなたの側に立ちますが、この件だけですよ」とでも言ってくれれば、場が和《なご》むのにと思った。女性警察官が薄いビニールの手袋を着け始めたので、寅次が、

「あなたの指紋を付けないためですか」と言うと、美しく気の強そうなその女性

は、キリッと寅次を睨《にら》み付けただけで、そのことには彼女からの返答はなかった。

「バッグの中の物はあなたが取り出し、そちらに置いて下さい」

と言って、指さしたのはセメントブロックのような低い台になっている所だった。

交番に連絡した職員は、寅次のことは警察官達に任せて構内へと帰っていった。それに合わせ、女性も校門へ向かって、構内に入ろうとしたので、寅次が、

「すみません。あなたがこの場を離れると、またあなたがここに帰って来た時、同じことをしなくちゃいけないので、ここに居て下さい」

と言うと、女性はハッとした表情をして、寅次の言葉に納得したのか、むしろ可愛らしい顔を見せた。女性が校門の方へ向かおうとしたので、三人の中央が上司となった。寅次のバッグの中の物を台の上に置く時は、二人の男性はビニールの手袋はしていなかったので、立って見ているだけだった。女性は寅次に対して指示とも手伝いともどちらにも受け取られるような態度で、バッグから出される物品を本当に細かく丁寧に点検していった。寅次の持ち物の中に『実演ビジネス英語』というテキストが出てきたので、ページをめくって読もうとすると、女性はキリッと厳しい目で睨《にら》んだ。可愛らしい顔が、また強《こわ》い顔に戻ったので、慌《あわ》ててテキストを閉じて台の上に置いた。寅次は、この若い女性は可愛らしさと厳しさの両面を兼ね備えて

いる女性だと思った。

略全《ほぼ》てバッグの中の物を出したが、一箇所折り畳み傘を収納できる部分が残った。このバッグの点検中に、更に二人の警察官が加わった。交番の若い警察官は職員が呼び寄せ、一緒にいた教授が寅次の場所を離れて、上司と女性が加わり三人となり、次に職員が離れて、強力な二人が加わり計五人となった。本当に寅次は嫌になった。真凛に本を渡しに来ただけなのに、五人もの警察官達に囲まれる羽目に陥ったのだ。最後に加わった二人には女性が寅次のバッグの中身を確認している最中であることは分かった。

寅次は新しく加わった二人を見て、服装が違うと思った。それまでの三人は一般的な警察官の服装だったが、新しく加わった二人は、中に防弾チョッキでも着ているのか、まるで仮面ライダーのようだった。この仮面ライダーは一体何者なのだろうか。特別捜査官とでも言うのだろうか。そして、五人の警察官達の前でいよいよバッグの折り畳み傘を収納する箇所の開放の時が来た。天気は良かったので、その箇所には何も入れていなかった。寅次には悪気はなかったのだが、少し冗談ぎみに、「ここからナイフが出てくるかもしれませんよ」と言ってみた。寅次からすると、気楽に取り組んでほしかったのだが、五人の警察官達は目を見張った。開放してみると、そこには何も入っていなかった。上司は安心した顔となり、再び威厳を示す態度となった。しかし、女性は無表情で「危険物は何も持っていませんね。よろしい」とでも言いたげな態度だった。そして次に、「身体検査をします」と言いだした。寅次は、止《や》めてくれと思ったが、この女性は躊躇《ちゅうちょ》せずに、「検査をします」と言った。

咄嗟《とっさ》に寅次の脳裏に、若かった頃の山本リンダの『こまっちゃうな』という歌の歌詞が浮かんだ。「こまっちゃうな。身体検査をしますと言われちゃって。どおしよう。断っちまおうかな。嬉しいような、怖いような、ドキドキしちゃう」という替え歌が頭の中で流れたところで、目の前に現れた顔は、女性ではなく上司の顔だった。

寅次は、検査の対象者が女性の場合は女性警察官がやり、男性の場合は男性警察官がやるのだろうと思った。上司が寅次の検査をし始めたが、ポケット内のティッシュ等は寅次に出させた。暑い日ではなかったが、寒くもなく軽装だったので、誰が見ても、寅次が危険物を身に付けていないのは明らかだった。終わりかと思ったが、靴を脱いで、靴下も脱ぐように言われた。午後で日も高く、人通りも多いので、裸になっても危険物は出ないと、寅次は自信を持っていたが、靴下を脱ぐとは思っていなかった。靴を脱いで中を見せ、逆さにして、靴の踵《かかと》をトントンと地面に打ち、左右の靴を上司の前に置いた。

残りは靴下を脱ぐのみとなった。靴下を脱ぐと、寅次は毎日の習慣の行為をしてしまった。それは、右手の指と左足の指を組んで、上下左右に十分に動かし、足裏をマッサージする行為だった。次は左手の指と右足の指を組んで、同じマッサージをした。女性がバッグの点検をして、上司の身体検査が終わり、寅次は危険物を持っていないと分かったので、安心したのか、若者と女性は、寅次の足裏マッサージに対し笑いを噛み締めていたが、逆に上司は、苦虫を噛み締めていた。

寅次のバッグ内の点検と身体検査を見届け、二人の仮面ライダーは、構内の真凛達の方へと校門を入って行った。寅次が靴を履《は》きながら、二人の仮面ライダーを見ると、一人はなかなかのハンサムで、イケメンデカではないかと思った。目の前の可愛らしい女性と同僚かどうかは分からないが、もし同僚なら、このような女性はあのようなイケメンデカに心を寄せるのかなあと思ったりもした。

「持ち物検査も身体検査も終わったので、もう帰っていいでしょう」

と寅次が言ったが、上司と若者と女性の三人は、イケメンデカとライダー2が被害者の聴き取りをしているので、加害者は帰せないと言った。寅次は呆《あき》れた。何故、真凛が誤解しているのに過ぎないのに、加害者扱いされなくてはいけないのか。もう話もしたくなかった。若い警察官は、最初から、手帳に寅次の発言をメモしていた。そして上司に、

「この男の発言に変化はありません。言っていることは、初めと同じことを言っていて一貫性があります」と伝えた。

寅次は若者が自分の味方になってくれたように感じた。イケメンデカとライダー2は、真凛の屋台と寅次付きの三人の警察官達との間を何度も行き来して、耳打ちで内容を伝え合っていた。寅次は、何を伝え合っているのだろうと思い五人に近づくと、五人それぞれが片手を寅次の方へ伸ばし、内容を寅次に聴かれないようにした。そしてまた、イケメンデカとライダー2は真凛の屋台へと向かった。残った三人に寅次が言った。

「観光バスでの旅行で、伝言ゲームをやりましたよね。バスガイドさんが一番前に座っている四人に別々の紙を読んでもらって、その内容を耳打ちで最後尾の人まで伝言していくと、一番前の人と最後尾の人とでは、内容が違っていて、バス内のみんなで笑いあったじゃないですか」

それを聞いた上司は首を縦に振った。若者と女性はあまりピンとこなかったよう

だった。年齢が違うからだろうか。そのような遣《や》り取りをしていると、再びイケメンデカとライダー2が戻ってきて、五人で耳打ちで、寅次に聞こえないように小声で話し合った。五人が揃《そろ》っているので、寅次が言った。

「ここに五人も警察官が居るじゃないですか。私はたった一人ですよ。しかもバッグの中に危険物は何も入っていません。身体検査で、やはり人を傷つけるような物は何一つ持っていません。私は他人に危害を加えるような気持ちでここに来たのではありません。私の気持ちを浅田真凛さんに分かってほしくて、本を渡しに来ただけなのです。浅田さんに彼女が安心できる人達と一緒に、ここに来てもらって話をすればいいじゃないですか。教授でも、学生課の職員でも、学生の文化祭実行委員長でも、浅田さんと同じ部員でも、彼女の親友でも何人が一緒でもいいんです。私はたったの一人ですよ。浅田さんを守ってくれる人々が十人でも二十人でも居ていいんです。人間は本人同士が直接面と向かってその人の気持ちを伝え合うことが大切なのじゃないですか。私は誤解を解きたいだけなのですよ。あなた方警察官が五人も居るんですよ」

寅次は強く主張した。しかし、彼等の反応は芳しくなかった。そして寅次の主張を否定した。現在の一一〇番を受けた警察では、加害者と被害者とは決して対面させずに、事件を解決していくのが、犯罪を大きくさせないことだ。犯罪防止を第一として行動していくことが、警察の最も大切な任務だということだった。そのようなことを言って、イケメンデカとライダー2は、また校門を入っていった。二人が真凜から受けた印象は、真凜は寅次を恐れているし、それは真凜だけではなかった。乗馬クラブの部員達の多くが恐れていた。男子部員も恐れていた。

多くの部員達の中には、寅次と一度も会ったことがないのに、彼を恐れていた。何が原因なのか。それは、一年半も前に、構内にパトロールカーが入り寅次が連行されたのに、職員の竹内の目の前で、三人の警察官の実力による制止を振り切って寅次は帰っていったことを聞いているからだった。彼等にしてみれば、犯人が逃走し、いつか仕返しに来るだろうと思っていたからだった。そして遂にその日が来て、仕返しをされるかもしれないと恐れていたのだった。実は誤解を解きたいと考えている寅次の考えとはまったく逆だった。

警察官達五人の考えも、一人一人少しずつは違っていた。

若者は交番勤務だが、学校から連絡を受けてすぐに校門の近くまで駆けつけた。学校の職員が待っていて、まず不審者が学生を脅していると言うのを聞いた。しかし、不審者を捜すまでもなく、寅次本人自ら姿を現したのだった。初めからメモを取っているので、寅次の発言には一貫性がある。危険性はなさそうだ。寅次の言っていることも、一般的でよく分かる。ただ一つ若者の心の中に、「この男は、夫婦仲がうまくいっていないのかもしれない。それで、若い女子学生に手当たり次第に声を掛けているのではないだろうか」という思いがあった。

上司と女性は、若者が寅次に職務尋問をしている途中から来たので、寅次が校門の中で何をしたのか分からない部分も少しは残っていた。上司と女性は交番勤務ではなく、東部警察から来ていた。

上司は、自ら寅次の身体検査をしたので、寅次が危険物を所持していないことには一応安心した。でも、体を使っての対立はしたくないと思った。女性は、寅次のバッグにも身にも危険物は存在しないが、寅次の発言が気になっていた。「真凛さんに自分の気持ちを分かってほしい」とか「本を渡しに来た」というのは、真凛を好きで追い回していると思った。

イケメンデカとライダー2は、バッグの中身の持ち物検査と身体検査の時に来ているので、寅次に危険性は無いと思っていた。しかし、真凛達のグループの仲間は、とにかく寅次を恐れている。二人は、この真凛達の恐れが何処《どこ》から来ているのかを解明しないことには、寅次を帰すことは出来ないと思っていた。確かに、寅次が言うように、両者が直接に会って話し合えば解決するかもしれない。しかし、職務上それは出来ない。二人の慎重な調査で解決したいと思った。

寅次は自分の気持ちは伝えたし、もう真凜の気持ちも変わらないだろうから、諦めて帰りたいと思った。

校門からイケメンデカとライダー2の二人が出てきて、五人が揃《そろ》った。寅次からみると向かって一番右側が若者、次が上司、中央が女性、隣がイケメンデカ、左端がライダー2という位置関係だった。寅次が言った。

「真凜さんに本を届けに来ましたが、彼女は聞く耳を持たずに、全てを拒絶し、本も受け取らなかったので、もう帰ります」

五人に話も通じないし、此処《ここ》に居ても仕方無いという気持ちだった。

中央の女性が言った。

「では、何故《なぜ》浅田真凜さんに会いに来たのですか」

寅次が真凜を追いかけていると思っていたからだった。寅次が、

「本を読んでほしかったからですよ。唯《ただ》それだけですよ」

と言うと、女性は言った。

「あなたは、真凜さんを好きなんじゃないですか」

寅次は、この発言には誤解があると思い、

「このことは、男女間の好き嫌いとはまったく関係ありません」

と女性に強く迫った。女性は、

「それでは、何故真凛さんに会いに来たのですか」

と同じことを繰り返して言うので寅次も、「だから本を渡しに来たんですよ」と繰り返したが、女性は本は真凛へのプレゼントだと思い込んでいた。寅次は女性に何度も「本当に男女間の好き嫌いとは全く関係ありません」と繰り返したが、女性をはじめ五人はどうしても、寅次の発言を理解しようとはしなかった。

一般的に言って、仲良く生活していた男女でも些細《ささい》な意見の食い違いをきっかけとして、大変激しい対立へと発展し、やがて事件が発生してしまうということがあるらしいのだ。警察という職業上の体験から、五人の頭にはそのような考え方が定着しているようであった。

上司が言った。

「本当は浅田さんを追い回していたんでしょう」

寅次は、うんざりして、

「違いますよ」と吐き捨てるように言うと、上司も女性も「じゃ、何故来たんですか」と繰り返すので、寅次は根負けしてはいけないと思い、「本を渡しに来ただけですよ」と、同じ遣り取りの繰り返しが続いた。

イケメンデカとライダー2は、何度も真凛とその部員達に聴き取りをしているが、彼等は暴力を受けていないし、金銭も取られていない。そして誰一人として脅されてもいない。それなのに恐れられているのだ。二人は、彼等が何も被害を受けていないのに、何故恐れるのかというその点が理解できないので、寅次を帰すわけにはいかなかったのだった。

寅次は長時間にわたる取り調べに疲れてきて、帰りたくなった。

「もう帰ります」と言って帰ろうとすると、五人は両手を後ろに組んで、胸を出して寅次に迫ってきた。

それまでと同じ並びで、向かって一番右が若者、二番目が上司、中央が女性、次がイケメンデカ、一番左がライダー2だった。五人は透き間を作らずに、寅次に迫った。午後のまだ明るい時間帯で、歩道は文化祭に向かう人や、文化祭から帰る人がこの様子をチラリチラリと見ながら通っている。戦いの時、降参で両手を上げたりするが、寅次の正面は女性だ。もし両手を上げたら、女性に手が接する距離だ。そんなことは実行出来ない。寅次の後は、校門へと続く壁だ。五人は胸を突き出して、もっと寅次に近づいて来た。しかも、目の前は若くて可愛い警察官が、信じられない程近づいた。女性がこんなに接近するとは思っていなかった。寅次は帰るのを諦めた。とても余分な力は出ないと観念した。イケメンデカとライダー2は、寅次が観念したことを感じ取り、再び校門の中へと入っていった。

そして漸《ようや》く寅次に光が差す状況が生まれてきた。イケメンデカが、胡麻団子の屋台で参考として寅次の様子を聴き始めたのだった。四人の女子学生が居たが、一番寅次と話をしていたのは渡辺仁美だった。仁美は、寅次と出会った時から実行委員長の男子と一緒に寅次が屋台から去っていくまでを全て細かくイケメンデカに伝えた。本を渡すために真凛を捜していたこと、仁美が真凛本人を見て寅次に教えたこと、その後真凛は寅次の話を聞いてくれずにその本は仁美自身が貰ったこと等を伝えた。そして、寅次の様子に真凛に害を加えるようなところは全くなかったし、仁美に対して話す態度も、ごく普通で特に不審なところは無かったと伝えた。イケメンデカは寅次を釈放する決心をした。

校門から出てきたイケメンデカが言った。

「福山さん、帰って戴いて結構です」

仁美の説明が、最終決定を下した。寅次は、左手に校門内を見ながら歩いた。暫く歩くと馬舎があった。馬達は何もなかったかのように、いつものように穏やかに首を振ったり、足をトントンと動かしたりしていた。空は先程まで明るかったが、秋も深まってきていて夕日は釣瓶《つるべ》落としとなり、辺りは瞬く間に暗くなっていった。

四

それから数日が経過し、微風の天気の良い日に、歩道を歩く寅次の目の前に、右手に刃物を手にした男が立ちはだかった。昼まで明るく、車道には多くの車が行き交っていた。寅次は驚いた。近くから見れば誰が見ても、その男が刃物を持っているのが見て取れる。何故刃物を持っているのか、本当に不思議だった。白昼に躊躇《ためら》うこともなく、このような行動を取ることに本当に驚いた。

その男の顔を見ると、見たことのない男だったが、その男は明らかに寅次を狙っていた。「誰だろう」と思ったが、寅次には全く見覚えがなかった。しかし、寅次の直感で「この男は恐れている」と思った。普通なら刃物を向けられる者が恐れるのに、刃物を持っているその男が恐れている。

寅次と対面しているので、とにかく寅次は一歩退いた。するとその男は、一歩寅次の方へと踏み出した。「誰だよ」と寅次が言っても、その男は黙って右手の刃物を見せつけるだけだった。思い切って寅次は一歩男に近づいてみた。すると、その男は一歩後退《あとずさ》りした。その様子から寅次は「この男は本当に自分に斬り掛かる気持ちは無い」と思った。そして「こんな時にこそパトロールカーが巡回して、危険防止の仕事をしてほしい」と思った。

その男は無言のまま、右手の刃物を彼の右上に上げ、斜めに彼の左下に振り下ろした。そしてそのまま左上に上げ、次にやはり斜めに彼の右下へと振り下ろした。そんなに速いわけではない。ゆっくりと右上に上げ、左下へ振り、そのまま左上に上げ、右下へと振り下ろす。その動作を繰り返す。寅次が「止《や》めろ」と言っても、彼は止めなかった。彼は真っ蒼な顔をして、明らかに寅次を恐れていた。寅次は哀《かな》しくなってしまった。

歩道上でこんなことを続けるわけにはいかなかった。寅次はこの男の右手を摑《つか》まえたいと思った。斜めに刃物を振り下ろす時は切られそうだ。刃物を上に上げる時に照準を合わせた。男が刃物を斜め十字に交差させるので、彼が自分の左下から左上へと上げる瞬間を狙って、寅次は思い切って彼の右手に跳びついた。驚いた男は、彼の左上へ上げ右下へ振り下ろす動作が速くなってしまった。寅次から二人の距離を縮めたため、左上から右下へ振り下ろす男の刃物の切っ先が、遂に寅次の右頬を捉《とら》えた。ピューッと鮮血が飛び散った。それを見た男は本当に驚き、刃物を持ったまま踵《きびす》を返し「ワーッ」と叫びながら、そのまま走って行った。その時寅次は思った。「これが螺旋《らせん》階段の一番下だろうか」と。

逃げて走って行く男と擦れ違ったのは、新垣景子だった。景子も、血の付いた刃物を持った男を見て驚いた。歩道を少し行くと、被害を受けただろう人物が居た。それは何と寅次だった。景子は声を掛けた。

「小父さん、どうしたんですか」

と言って、右頬の血を見て、

「すぐ、薬を買ってきます」と、景子は近隣の薬局へと走った。

寅次はティッシュで傷口を押さえて、そこから外して見ると、思ったよりティッシュが真っ赤に染まっていた。何回もティッシュを取り替えながら、寅次は景子が帰ってくるのを待っていた。暫くして、息を切らしながら、景子が傷薬を手にして帰って来た。景子はクリーム状の薬を、寅次の右頬の傷口へ、手際よく丁寧に塗っていった。寅次は、今回も景子に助けられたと思い、本当に有り難かった。

五

四年生になってからは、景子は就職活動が忙しく、寅次とはあまり会うことはなかった。就職活動も熱心に行っていたので、景子の就職先も略《ほぼ》決定していた。そして大学の卒業論文も終盤に近づいていた。

寅次の傷の手当てをした夜、景子と寅次は不思議な同じような夢を見た。景子の夢は次のようなものだった。

場所は、何処《どこ》の地域なのか分からないが、海だった。空は青く、海も青いがあまり波も高くなく穏やかだった。公園の池等のボートより少し大きめのボートに乗っていた。

後方に景子が腰掛け、中前方に寅次が景子と向かい合って櫓《ろ》を漕《こ》いでいた。寅次と何か話しているのだが、頭もぼんやりしていて、何を話しているのかはあまり理解出来なかった。不思議だったのはボートの前方の海の中に、三人の姿が幻影となって見えていたことだった。どうも三人共に女性のようだった。中央が聖母マリアのように見えた。向かって左側が観世音菩薩《かんぜおんぼさつ》のように見えた。右側がミロのビーナスのように見えた。高校の教科書ではビーナスには両手は壊れて付いていなかったが、夢の中のビーナスには両手が付いていた。寅次はあまり力を入れて櫓を漕いでいるようには見えなかったが、三女神たちに引き寄せられているようだった。

寅次も、景子と略《ほぼ》同じ時間帯に同じような夢を見た。

場所も海で、空は青く、海も青く静かだった。景子とボートに乗っている場面は同じだったが、後方に寅次が腰掛け、中前方に景子が向かい合って櫓を漕いでいた。寅次が後方から舟の進む前方を見ていることが、景子の夢とは逆だった。しかし、寅次の夢の中でも聖母マリア、観世音菩薩、ビーナスの三女神達によって、ボートが青い青い海へと引き寄せられて進んでいた。寅次も景子と話しているのだが、一体何を話しているのか、夢の中では何にも分からなかった。

次の日、景子は海を見たいと思った。頭の中に海と灯台が浮かび、自分の知っているそのような海に向かった。空はどこまでも青く、青い海が広く遠くまで続いていた。景子は灯台に向かって歩いて行った。

灯台の下のコンクリートの台座に人が居た。誰か知らない人だろうかと思ったが、一応台座の近くまで歩いてみた。近づいていくと、何となく知っている人かもしれないという気持ちになり、それとなくその人の顔を覗《のぞ》いて見た。その人は寅次だった。

「なんだ小父さんじゃないですか」

その声に振り向いた寅次も驚いた。

「えっ、どうしてこんな所へ」

と言った寅次の顔も、景子の顔も共に驚いていた。数日前、歩道で寅次が頬を切られた時、景子が薬を塗ってくれた出会いが、学校外での初めての出会いだった。二人は学校の図書館かその周辺での出会いが多かったが、連続で学校外で会うとは思っていなかった。

寅次は怪我をしたり大変な出来事が多かったが、景子はごく平凡で、学業でも学校生活全般でも就職活動でも、順調に運んでいっていた。景子は人生の経験がまだ少なかったが、寅次と色々と話すことによって、人生の複雑さについて真剣に考えることが多くなっていた。寅次の若かった頃の話も時々聞いたことはあったが、自分の残された学生生活の内に、もっと寅次の大変だった話を聞いておきたいと思った。

「一年生の頃でしたよね。小父さんとは学校の図書館で会いましたが、もっとずっと若かった頃に大変なことが有ったんじゃないですか。よかったら聴かせて下さい」

　きっと大変な事が有ったんだと思い、少し遠慮しながらも、小父さんの先輩と先輩の娘さんについてもっと知っておきたいと思った。寅次は、人生は複雑なので自分が正しいと思っていることでも行動が消極的になると考えているのに、景子は、自分の正しいと思うことは積極的に行動すべきだと考えるのだった。人生が複雑だということは、景子も理解するようになった。しかし、考え方や行動は飽くまでも率直であるべきだと言いたいのだった。

　景子が順調な大学生活を送るなか、寅次は随分と景子に助けられた。その景子が卒業後就職すると、ひょっとしてもう会えないかもしれない。寅次は、自分が若かりし頃の経験を景子に話しておきたいと思った。

「私は一度社会人を経験したあと、今の大学であなたと出会ったでしょう。でもあなたと同じ年齢の頃、二歳年上の先輩が私にとても親切にしてくれていてね。その先輩は大学二年生まで駒場の校舎で教養課程を送り、三年生からは本郷の校舎で大学院まで進んだんだよ。卒業後すぐに結婚し、娘さんが誕生したんだけど、その後先輩とは親交が途絶えてしまってね……」

と言って、辛かった過去を話していった。

二人は灯台の台座に座り、目の前の青い大空と青く広大に続く海を眺めながら話した。

寅次が若かった頃、繁華街で夕食を取りたいと思ったことがあった。信号が切り替わり、雑踏にまぎれて大通りを渡ると、そこは通りの初めからさまざまな雑居ビルが通りの両側に建ち並んで続いていた。

雑踏の間隙《かんげき》を縫いながら歩いていた。その時だった。「何を食べようか」と食事処を探しながら歩を進める寅次の体を、まったく予期せぬ閃光《せんこう》のような戦慄《せんりつ》が通過して行った。寅次自身が実感できないほどだったが、時間と空間の一瞬のずれのような何かが、確かに寅次の五体周辺で発生したのだった。寅次の視野に入ってきたのは食事処ではなく、この繁華街とは全く場違いな、知り合いの麗奈の姿だった。寅次は自分の目を疑った。何故こんな所で、麗奈との再会なのか。

久しぶりで目撃したこの知り合いの性格は明るく、心の優しい人物だった。高校三年生なので大学に進学するのなら、入試に向かっての大切な時期である。彼女は、車の通行が遮断されている大通りの略《ほぼ》中央にいた。私服姿の麗奈に向かって、寅次は複雑な気持ちでゆっくりと近づいていった。

麗奈は、彼女の隣に立っている略同年齢の少し服装の派手な少女と、何か楽しそうに話していた。その隣には二人より数歳上であろうか、二十歳前後の娘が立っていた。麗奈に近づいていく寅次の視野に、三人の姿が鮮明になっていった。しかし、寅次は何故か、三人の服装に腑に落ちないものを感じ取った。麗奈とその友達が私服を着ているのは何の不思議もないが、二人より年上に見える隣の娘が、高校の制服を着ているのだ。麗奈のクラスメートの名前は深田美穂といい、制服姿の女性は、美穂の姉ということだった。

麗奈と美穂の二人は、たまたまこの日の午前中に、学校の近くで偶然に出会った。美穂はその時バイクに乗っていた。バイクには常時、予備のヘルメットが備え付けてあり、美穂は麗奈に、気分転換に同乗しないかと誘った。備え付けられていたヘルメットを被《かぶ》った麗奈を後部座席に乗せ、二人を乗せたバイクは風を切って走った。その帰途で、美穂の姉から美穂のスマートフォンに連絡が入り、二人は姉のアルバイト先の近辺まで行くことになった。姉からの連絡を頼って二人が辿り着いた先が、この繁華街だったのだ。そこで三人が会い、美穂は姉との用件を済ませた。その後、麗奈と美穂が談笑していたときに、寅次が三人の近くを通りかかり、麗奈に気付きそして声を掛けたのだった。

麗奈の紹介で四人の人間関係がお互いに理解され、暫くは雑談していたが、話題が少し滞りかけてきたところで、麗奈が寅次に此処《ここ》に来た目的を尋ねた。寅次が夕食を食べたいことを伝えると、「あら、夕食でしたら、私のアルバイト先で食べていって下さいよ。税金とか全てを含めて四千円で食べ放題、飲み放題ですから」と、美穂の姉が、少し勧誘口調となり、寅次を誘った。寅次はその言葉に全く警戒しなかった。食事の需要と供給という両者の目的が一致し、寅次は即座に、その店で夕食を取ることを決意した。麗奈と美穂はその場で雑談をしていると言ったので、寅次は美穂の姉に誘導されるままに、その店へと向かった。

繁華街の大通りから、横道への右折左折を数回繰り返し、美穂の姉が寅次を案内しながら裏奥の方へと二人は歩を進めた。美穂の姉が高さが中程度ある一つのビルの前で立ち止まった。通りから見上げた寅次には、このビルにレストランがありそうには思えなかったが、美穂の姉がこのビルの四階に店があるというので、寅次も入ることにした。入口のすぐ側にエレベーターがあり、美穂の姉がそのボタンを押した。そして暫くすると、エレベーターの扉が開いた。美穂の姉が先にエレベーターに乗り込み、続いて寅次が乗り込むと、すぐに扉が閉まった。二人を乗せたまま、エレベーターは四階へと動き始めた。二人きりのエレベーターの中で寅次は少し緊張したが、美穂の姉は慣れているらしく、持っていたバッグの中から、一枚の名刺を取り出した。そして、その店での自分の名前は『アンナ』だと言って、店専用の名刺を寅次に手渡した。その名刺の中央に、名前だけ片仮名で『アンナ』と書いてあった。寅次がその名刺に目をやっていると、スーッとエレベーターの扉が開き、アンナが先に降りて、「こちらです」と言って、寅次を促した。

そこは少し薄暗く、細い通路になっていた。その通路を真っ直ぐにアンナが進み、後に続いた寅次を店の入り口まで案内していった。アンナは、店の奥から入り口に出てきた店員に一言二言耳打ちすると、なんと一人で、エレベーターの方へと戻って行ってしまった。寅次は入り口に一人で残される羽目となり、店員が「どうぞ」と入るように促した。しかし、寅次は躊躇してしまい、料金のことが心配になった。店員に飲食料について尋ねると、店員は「食べ放題、飲み放題で、四千円ポッキリです」と答えた。寅次は、食事は自分で好きな料理を選べるバイキング方式だろうと思い、その旨を尋ねてみたが、店員は「バイキングではありませんが、食べ放題で腹いっぱい食べられますし、何でも飲みたいだけ飲めます。うちは変な店ではありませんから、大丈夫ですよ、お客さん」と言って、やや強引に店の中へと案内した。

寅次が店の中に入り、奥へ進もうとすると、「お客さん、そこで靴を脱いで下さい」と、先ほどとは別の長身の男が声を掛けた。そこは、確かに階段一段分の段差になっていた。寅次は靴を脱いで、その段差を上がった。入り口の所にいた店員が、その靴を入り口の横壁にある下駄箱の中に入れた。寅次が中の方へ進むと、店の中は絨毯敷きになっていた。その絨毯に足を下ろすと、足裏にひんやりとした感触が伝わり、寅次は不思議な異次元空間へと引き摺り込まれるような錯覚を感じた。床冷房でもしてあるのだろうか。それとも冷気が絨毯の目に染み込んでいるのだろうか。足裏に冷麻酔をかけられたような、痺《しび》れるような不思議な感触が伝わっていた。

テーブルに着くと、女性ホステスがウイスキーの注がれたグラスを手にして「いらっしゃい」と寅次の前に座った。寅次は、食事をしたいと思った目的と違うと思い、帰ることにした。「すみませんが、帰ります」と言って寅次は立ち上がった。すると男性従業員が出てきて「お客さん、もうセットしましたので、お金を払って貰わないと困ります」と言って、請求額の書いてある紙切れを荒々しく突き出した。メモ書きのその紙切れには、算用数字の横書きで、五万円と書かれていた。寅次はテーブルに着いただけなので、料金を払いたくはなかったが、場所が場所だけに、なんとか安全に店を出たいと思った。「なんとかして、うまく切り抜けなければ」と思い千円札五枚を出して折り畳み、ズボンの右ポケットに入れ直《なお》し徐《おもむ》ろに出口へと向かった。

「ええっと、店に入るとき、確か四千円で食べ放題、飲み放題とか言われて、うーん、それで……」

と惚《とぼ》けた様子で言いながら、少しずつ出口へと進み、更になんとか下駄箱の所まで歩を進めた。目で下駄箱の中の自分の靴を探すと、それは一番上の段に置いてあった。寅次が逃げようとしていることに従業員が気付き、

「なに逃げようとしてるんだよ。早く金を払え」といきり立つ相手に、寅次はポケットの中味は全部だというふうを装って、先ほどの折り畳んだ千円札五枚を取り出した。そして、お金をその男に荒々しく渡すと、直ぐに靴を下ろして足に引っ掛けた。しゃがんで靴を履いている暇などない。

周辺が暗いためか、従業員は手渡された紙幣を一枚一枚広げながら、その金額を見にくそうに確認していた。その隙《すき》をついて、寅次は先ほど上がってきたエレベーターの所まで通路を走り、急いで下りのボタンを押した。しかし、エレベーターの扉はなかなか開かない。エレベーターは一階から上がって来ているようだ。寅次がその扉の入り口で立ち止まっていると、その事態を感じ取ったのか、先ほどの男以外に

更に二人の男達が、店の奥から慌ただしく出て来た。扉の前の寅次に追い付くのに時間はかからなかった。

三人の男達は寅次の体を摑まえようとし、店の中へ引き摺り込もうとする。寅次は、必死にエレベーターの扉の前に残ろうと頑張った。幸いなことに通路が狭いため、三人の男達が自分達でお互いに邪魔し合っている恰好となり、なかなか一定方向へと力が働かない。そうこうしているうちに、エレベーターの扉が開いた。

四人で一緒にこのエレベーターに乗るのかと思うと、寅次は生きた気はしなかった。まるで運動会の綱引きのような恰好で、寅次は背中からエレベーターに乗り込んだ。お互いに引っ張り合いながらも、寅次は片方の手で一階への下りのボタンを押した。そして、次に扉を閉めるボタンも押した。しかし、直ぐに扉が閉まるわけではない。そのほんの一瞬の間に、長身の男が、他の二人に何かを大声で指図した。必死の寅次には、その言葉の内容は聞き取れなかった。寅次の払った紙幣が寅次を摑まえていた男の手から、店から出て来た別のもう一人の男の手へと渡された。扉が閉まる。三人の男達も、エレベーターの扉の閉まる力には勝てない。

長身の男以外の男達は、意外にも寅次から手を離し、その階に残った。そのため、寅次と一緒にエレベーターに乗り込んで来たのは、この件で指示を出し続けていた男だけだった。引き合っていた低い姿勢から、腰を伸ばした姿勢に戻ると、その男は寅次より遥かに背が高かった。エレベーターは一階に向かって動き始めた。狭くて四角い密室の中、まさに生死を懸けた空間である。男は寅次に罵声を浴びせ、殴りかかる。寅次はそうはさせまいと揉み合いながら、必死で抵抗した。まるで観客のいない格闘技場のような、命懸けの四角いジャングル。まさに密室の決闘。『窮《きゅう》鼠《そ》猫を噛む』という諺があるが、長身の男が猫なら、必死で守る寅次は鼠だ。猫に追い詰められた鼠が、逃げ場をなくし、襲い掛かってくる猫に必死になって噛み付いていた。その鼠に残された最後の力も、遂に限界を超えそうではあったが、それでもエレベーターは確実に一階へと向かった。そして扉が開いた。寅次は「助かった」と思った。

その時、寅次はエレベーターの奥にいて、扉の方に男がいた。寅次からは扉の開閉はよく見えるが、男は扉を背にしているので、その開閉の様子が寅次ほどには正確に分かっていなかった。このことも寅次に幸いした。相手は背が高い。寅次は体勢を低くして、男の脇下を右側から一気に擦り抜け、身体を入れ替えた。そして、今度はエレベーターの出口で、また運動会の綱引きの格好になった。男はエレベーターの中へ、寅次は外の方向へと引き合った。寅次の半袖シャツの上着の胸のボタ

ンが二個、バチバチッと音を立ててちぎれ落ちた。しかし、懸命さの違いが出たのか、引き合いでは寅次がどうにか引き勝った

エレベーター出口の下の数段の階段を下りると、そこはもう通りに面していた。通りにはたくさんの人が闊歩していた。通りに辿り着いたとき寅次は「もう大丈夫だ。相手はこれで諦《あきら》める」と心の中で呟いた。しかし、長身のその男は諦めるどころか、何故か余裕の表情すら漂わせていた。そして通行人にも聞こえるように「この野郎、無料《ただ》で飲みやがって。ちゃんと金を払え」と言った。この街の事情を知り尽くしているのか、外に出てもこの男の方が遥かに上手《うわて》である。寅次は「既に五千円払ったではないか。騙《だま》しているのはこの男だ」と思っても、ビルの外部の人々にとっては、建物の内部で何が起こっていたかは全く分からない。通りの人々が、寅次を飲み逃げ客だろうと思ったとしても、それはそれで仕方がない。

寅次は、通行している人々や近辺の店の人達を味方に付けたいと思った。そこで、「お金はちゃんと払ったんですよ。それなのにこの人が、その十倍もの金を払えと言ってるんですよ。お願いです。誰か警察を呼んで下さい」

と大声で叫んだ。

しかし、寅次がその五感で感じたもの、それはこの繁華街特有の異様な空気だっ

た。周りを囲むのは、この長身の男と同じような人間達。いや、それ以上の人間もその周辺に居て、鋭い目を光らせているのかもしれない。残念ながら、通行人の多くは厄介《やっかい》なことに関わりたくないのか、唯一人として警察を呼んでくれそうな人間は居なかった。華やかな賑わいを持つ半面、一歩間違えば死の恐怖に直面する繁華街。もう寅次に声を出している余裕はなかった。

寅次から手を離した長身のその男は、怯《ひる》むどころか、「周りは全て俺の味方だ」とでも言いたそうな態度で悠然と構えていたが、一呼吸置くと、猛然と攻撃してきた。寅次は堪《たま》らず二歩、三歩と後退《ずさ》りした。長身の男は「この野郎」と言いながら蹴ってきた。白い革靴がキラリと光った。寅次はすれすれのところで、蹴りを躱《かわ》しながら、ズルズルズルッと後退していった。長身の男は、ジャブと見せながら、大きく回し蹴りを繰り出した。もう少しでよろけて、倒れそうになった寅次の頭上を、空《くう》を切って鋭い音を立てながら、白い光が旋回していった。寅次は、やっとのことで倒れそうになった体勢を戻し、更に後退を続けた。背中を見せては危険だと、本能的に感じていた。寅次は機敏に動かなければ、男の肢体の長さから繰り出される突き蹴りから身を守ることは出来ない。ひたすら後退し、ひたすら攻撃を躱《かわ》し続けていった。

背中の通りを右折左折するのに合わせ、大通りへと後退していった。寅次にはまるで背後が見えているかのように感じられたが、実は二人の周りを囲む通行人が、二人の動きに合わせ、寅次の背後を大きく空けていたのだった。何度も何度も後退を続けながら、遂に寅次が麗奈と再会したあの場所まで後退していったときには、攻防する二人の周囲は、想像を絶する黒山の人だかりとなっていた。しかしその人垣の中からも、二人の攻防を止めてくれる者は誰もいなかった。信号のある大通りの方向へと二人が少しずつ移動していくとともに、二人を遠巻きにしてその人垣も同じ方向へと移動していく。

　その時だった。「どけ、どけ、どけっ」と人垣を押し分けて入って来る者達がいた。寅次はそれが「警察官であってほしい」と祈るような気持ちで、その声を聞いた。しかし、それは警察官でも、仲介に入ってくれる人でもなかった。最悪なことに、先ほどの店の従業員の男達二人だった。寅次は、何故今頃この二人が此処に来たのかと思った。

　エレベーターに乗り込む時、この二人ともう一人の男は、長身の男から寅次の払った紙幣を受け取り、エレベーターには乗らずに店内へ戻っていった。そのお金を店の金庫に納めたのだろうか。あの時、店にはまだ数名の男性客が残っていた。その数名の客にも、寅次の時と同じように、飲食代の十倍もの金額を請求したのだろうか。数名の男性客は、仕方なく十倍もの請求額を払ったのだろうか。客からの全ての精算を終わらせ、この二人の従業員者達は急いで此処を探し、馳せ参じたのだろうか。

何はともあれ、寅次にとっては最悪の場面設定となってしまっていた。二人の男達は、勢いよく寅次の後方から襲いかかってきた。前方からは、長身男からの容赦なく連続して繰り返される蹴り。更に後方からも、二人の男達の執拗なまでの殴る蹴るの攻撃。

三人の攻撃がどのくらい続いたのだろうか。寅次の意識は、次第次第に異次元の夢空間へと引き込まれていった。其処《そこ》には、もう先ほどの三人の男達は何処にもいなかった。遠くからパトロールカーや救急車のサイレンの音が響いているようでもあった。最初店に案内していったあのアンナが、水に濡らしたハンカチを寅次の額に当てながら、頻《しき》りに謝っているような気もした。アンナの後方に、麗奈と美穂がいて心配そうに見守りながら、頻りに寅次に向かって何か言っているようでもあった。しかし、茫漠たる寅次の意識の中では、それが現実のことなのか、夢想なのか、それさえもはっきりとはしていなかった。唯、暫くして寅次の身体が何かに乗せて運ばれ、扉のような音がバタンとした後、近くからけたたましく爆音を轟《とどろ》かせて立ち去って行くバイクの音だけが、横たわった寅次の脳裏にいつまでも響き続けていた。それはショックのあまり、悪夢を振り払うかのようにフルスピードで立ち去った、心の美しい二人の少女を乗せたバイクの音だったかもしれない。

寅次は、気を失い、生死の境をさまよい、暫くは夢空間を浮遊し続けていた。寅次が意識を回復し、まずその目に飛び込んできたものは、白く広がった空間だった。その白い広がりは次第に現実の物体へと形を変えていき、白い平面となった。それは白い天井だった。一瞬、此処が何処で、何故《なぜ》此処で横になっているのか、寅次には全く分からなかった。しかし、少しずつ記憶が蘇り、あの繁華街での麗奈との再会、アンナの案内した店での出来事、そして群衆の中での暴力事件が、まるで走馬灯のごとく寅次の意識の中で思い出されてきた。それとともに、自らの体の節々《ふしぶし》が痛く、全身隈《くま》なく激痛が走っていて、体をほんの少し横に動かすのでさえ辛《つら》かった。

寅次が痛みに耐えながら、目を閉じたり、また目を見開いて白い天井の隅々まで見回していると、近くでカチャッと扉を開ける音がして、誰かが部屋に入って来る気配がした。それは、この病院の若い女性看護師だった。

寅次は、救急車で繁華街の近くのこの病院に搬送されたことを、巡回に来たこの看護師によって知らされた。そして病院の緊急治療室で、整形外科の点検を受けたが、命に関わるような格段の外傷は負っていないという結果が出たのだとの連絡を受けた。数多い打撲の傷みは、直ぐには癒えないが、傷の治療と湿布薬の貼付を数日間継続すれば完治するとのことだった。

そしてこの日はそのまま、病院のベッドで横になっていることになった。きっと、寅次が気を失っていた間に、たくさんの医師や看護師、その他多くの病院関係者のお世話を受けていたことだろうと思うと、寅次は感謝の気持ちで胸がいっぱいになった。優しく対応して部屋を出て行った看護師の後ろ姿に、寅次はクリミアの天使、ナイチンゲールの面影を感じ取った。それは美しい輝きを寅次の心奥に残した。寅次は美しいとは何かということを体感したと思った。

しかし、寅次の頭の奥では、何故か爆音を轟かせるバイクの音が、何時までも響き続けていた。

入院して二日が経過し、病院から退院の許可を貰った寅次は、麗奈のことが気になり、早速麗奈の家に連絡を取ってみた。しかし、家族から知らされた現実は、自らの耳を疑う悲痛な惨事だった。

寅次が繁華街で事件に巻き込まれたあの日の晩景、一般道から高速道路へと向かった、少女二人を乗せたそのバイクは、スピードの出し過ぎで高速道路の急な右カーブを曲がり切れずに、左側ガードレールに激突し、二人とも即死してしまったということだった。その日の夜、二人は各家庭に運ばれ、通夜があり、次の日に二人の葬儀は挙行されたそうだ。その式のとき、葬列に参列していたアンナは、寅次に対し申し訳ないことをしたことや、あのアルバイトを辞めたいことを伝え、麗奈の家族に心からのお悔やみを伝えたとのことだった。それとともに、大切な妹を亡くしてしまったアンナ自身、傍目《はため》にも計り知れないほど悲痛な様子だったとのことだった。

当然、麗奈の母親も、我が子を亡くした悲嘆にくれていた。それまでバイクに乗ったことのなかった麗奈が、何故こんな大切な時期にバイクに乗っていたのか。平凡な日時を過ごしていた娘が、何故突然こんな大事故に遭遇してしまったのか。あまりにもあっけなく、短か過ぎた二人の少女の生涯だった。

それから数日後、寅次は、麗奈の墓前に花を捧げ、合掌した。祈る心は自責の念でいっぱいだった。あの繁華街での暴力事件では、寅次は被害者である。なのに、何故に自責の念が起きるのか。傷を受けた寅次の身体の痛みは、時の経過とともに癒えていく。しかし、麗奈と美穂の若い二人の命は、もう二度と戻ってはこない。略同じ時間帯、同じ空間で、関連して発生した一つの暴力事件と一つの交通事故。その関連の中での、寅次の命と二人の少女たちの命との間でのあまりにも違い過ぎたその落差。その相違は一体何なのか。何も二人の若い命が失われるところまで進展しなくてもよかったのではないか。

個人の力ではどうすることも出来ない運命の罠《わな》。確かに人には幸、不幸の運命がある。一体運命とは何なのか。

大自然の中には不思議な事象が無数にある。人間は常に自然からの恵みを受けて生きているが、自然を見くびり傲慢《ごうまん》になったとき、時にしっぺ返しを受け、自然の大災害によってその脅威に驚愕する。自然の恵みを受け、その循環の中で生きていくべき人類が、自分達だけの利益を求めて突き進んでいったとき、もう其処に未来はないのかもしれない。しかし、人類がその利己に気付き、他の生き物や自然を回復させる努力を継続させるならば、また自然の恵みを享受《きょうじゅ》出来る日常が戻って来るかもしれない。でも、自然の恵みを享受できる日常の中にあっても、やはり幸、不幸の運命は存在するのではないのか。人は思いがけない幸運に巡り会うこともあるが、不運が人の生涯を奈落の底へと陥れることもある。人間の力ではどうすることも出来ない運命の罠。

麗奈の墓前で手を合わせる今の寅次には、麗奈と美穂の冥福を祈ることしか、残された方法は他に何もなかった。大切なものを失ってしまった寅次の目からは、止め処《ど》なく呵責《かしゃく》の涙が流れ続けていた。

その日から後も、麗奈の魂との出会いを求めて、麗奈の墓前で長く瞑想し、麗奈と美穂の冥福を祈る日々が続いた。何回目の墓参だったのだろうか。寅次が「おやっ」と思った出来事があった。それは墓石の横の墓碑銘を見た時だった。世の中同姓同名の人はよく居るものである。その疑問を解決したいと思い、その後もう一度少女の母親を訪問してみた。そして、墓碑銘に刻されていた家族の名前について聞いてみた。

「娘さんの名前の次に書かれた名前が気になったのですが、ひょっとして娘さんのお父様なのでしょうか」

という寅次の質問に対して、母親は答えた。

「そうです。麗奈の父親です」

寅次の不安は適中していた。母親の悲しみは寅次の想像を絶するものだった。心の苦しみを堪《こら》え、なんとか平静を保とうと心掛けてはいるが、その無念さはひしひしと寅次の心に伝わってきた。この女性にとって愛する娘と夫の二人を亡くしたことは、寅次の出来事の比ではなかった。寅次は、麗奈の家族の負のスパイラルは計り知れないと思った。

麗奈の父親は、寅次が大学生だった頃の先輩である。先輩は卒業後すぐに結婚し、長女が誕生したと、寅次も聞いてはいたが、その後の連絡はすっかり途絶えていた。先輩は非常に優秀な人物だったので、官吏や弁護士等になるのではないかと、寅次は思っていた。有名な某大学から教師への招待もあったのに、先輩が断ったとのことを聞いた時、寅次は本当にもったいないことだと思った。先輩が警視庁の警察官になったのには訳があった。先祖が江戸時代からの由緒ある奉行関係の身分であったようであった。先輩は血筋からも、能力からも将来が嘱望されていた。結婚も早く、すぐに長女が誕生し、次に長男、そして次女と続き、夫婦と三人の子ども達との五人家族で、本当に幸せな日々を送っていた。しかし、卒業後、先輩と寅次とは音信不通となっていたし、麗奈が先輩の長女だったとは、寅次にとって知る由もなかった。

当時、日本各地で若者達が車やバイクに乗り、集団で暴走運転を繰り返していた。確かに若い頃はエネルギーが有り余っている。若者には未来の国造りのために、立派な社会人となる基礎固めにエネルギーを使ってもらいたいものだ。音楽もいい。スポーツもいい。芸術もいい。エネルギーの使い方を間違ってしまうと、反社会的な行動へと進展していく。

週末に、暴走運転のグループが、一般社会に迷惑を掛けていた。警視庁も対策を立てていたが、彼等も出没奇抜であり、両者のいたちごっこが続いていた。反社会的な行動ではあるが、警察としても取り締まりだけを考えている訳ではなかった。将来のある彼等が、一日も早く自我にめざめ、より良き社会の一員になっていってほしいと願っていた。警察としては、彼等の挑発にのってはいけない。自分達の団結力が大切だった。

人間として立派な精神を持ち、より良き社会の建設を目ざして崇高な情熱を燃やし続けていた先輩に悲しい日が来てしまった。

その日は、先輩が暴走族の取り締まりの先頭指揮をとっていた。暴走族の取り締まりに警察官達も集団で対応した。しかし、暴走族の中にも運転の苦手な若者がいて、その彼が警察官達集団の中に突き込んでしまい、数人の警察官が重軽傷を負ってしまった。

時として、人間の行動には、これをやってはいけないと強く思い過ぎると、逆にその方向に目がいき、自分の意思とは逆に、それをやってしまうことがある。運転の苦手なその若者は、警察官達の先頭指揮をとる先輩にどうしても目がいってしまった。そこには代表としての『形』が光り輝いていた。若者に突っ込んではいけないという気持ちが極端に強まってしまったのか、すごい勢いで先輩に激突してしまった。そしてそれが無念にも先輩の殉職となったのだった。


景子と出会う以前の若かった頃の寅次の話を聞きながら、景子が言った。

「大変辛い過去があったんですね」

景子と寅次の目の前には、青い空と青い海が広がっていた。景子は続けて言った。

「人生は確かに複雑だと思います。でも私は人生経験が少ないから、世の中がどんなに複雑でも、やはり正しいと思うことを真っ直ぐに進むことがいいと思っているんです。でも、小父さんの過去の経験を聞くと、小父さんが自分の行動に躊躇するのも分かります」

二人は暫く無言となり、海を眺めていた。空では、小さな白い雲が少しずつ形を変えながら流れていっていた。遠くの空には海鳥が飛んでいたが、小さく見えていたので、景子には何という鳥なのか分からなかった。水平線の上の空も下の海も、少し白い水色ではあったが、二人の近くの海や空は、どこまでも広くそしてどこまでも青かった。

海を眺め続けていた二人の上空から「ゴーッ」という強い音が響いてきた。二人は上空を見上げた。右前方から、ジェット旅客機が二人の目の前に姿を現した。目の直前まで近づき、その旅客機の白い下腹部がはっきりと見えた。ものすごい「ゴォーッ」という音を轟《とどろ》かせながら、その旅客機は左後方へと飛んで行った。

その轟音に誘発されたのか、景子の目から大粒の涙が流れ落ちた。流れる涙に気がついた寅次は、ハンカチを景子に渡した。そのハンカチを景子は暫く自分の目頭に当てていたが、みるみるうちに、そのハンカチは涙でいっぱいになっていった。

景子は平凡ではあるが充実した大学生活を送ってきている。そして、自分では経験出来ないであろうと思われる、寅次の人生の経験談を聞くことが出来た。寅次の過去から学び、自分の未来に希望を持ち、現在、景子の目から大粒の涙が流れ続けている。

寅次は言った。
「景子さん。あなたが正しいんだ。あなたが正しいんだよ」

完

探究

一、二十一世紀、日本の上空で

釈迦が地球上で生活していたのは、紀元前約五七〇年、インドの地だった。インドといってもヒマラヤ山脈の麓、ネパール南部ルンビニーで誕生した。カピラ国サーキヤ族の浄飯王《じょうぼん》の長男で王子だったので、生活は物質的に恵まれていた。しかし、人間の苦となる老、病、死等について考え、深く悩んだ。いくら金や地位や名誉があっても、享楽に耽《ふけ》っても、人間に老、病、死等がある限り、人間の悩みや苦しみからは逃れられない。悟りを開くにはどうすればよいかと、厳しい修行に明け暮れた。安逸《あんいつ》や快楽からは、人生の本当の満足は得られない。その反対の極端な苦行をしても悟りには至らず、両極端に偏《かたよ》らない中道が良いのではないかと悟った。そして仏陀となった。

イエス・キリストは、父のヨゼフ、母をマリアとして、イスラエルのエルサレム（ベトレヘム）で誕生した。釈迦は王子だったので、城内での誕生だったであろうが、イエスは馬小屋で誕生し、飼い葉桶に寝かせられたといわれている。「キリスト」とは「油を注がれた者」とか「救い主」という意味で、当時、この地で救い主が現れるといわれていた。そして十字架上で処刑されたイエスこそ、救い主キリストだと言われるようになり、キリストは復活したと言われている。その教えは、ユダヤ教の唯一神ヤーウェを父なる神として、熱心に布教活動を続けていた。世界の人類に対して「神が人間を愛して造られたのだから、人間は創造主である神を愛し、感謝し、隣人を自分と同じように愛しなさい」というものだった。これは釈迦の伝えた「慈悲の心」と同じである。「愛の教え」を人々に伝えていたのに、エルサレムでローマ総督ピラトの法廷に立たされ、十字架刑に処せられた。

マホメットは、西暦五七〇年頃、サウジアラビアのメッカで誕生した。イスラム教の創始者だが、天使ガブリエルから唯一神アラーの言葉を受けたとされている。イスラム教の聖典『コーラン』に因るようだが、天使ガブリエルは旧約聖書とも関連しているので、イスラム教はユダヤ教、キリスト教の流れをくんでいるのだと思われる。ユダヤ教でもキリスト教でも全知全能の神、天地創造の唯一神と言っているので、イスラム教のアラーの神もユダヤ教、キリスト教の唯一神と同じなのではないだろうか。

一説では釈迦の誕生は紀元前五六六年、イエスの誕生は紀元後四年となっているが、通説ではキリスト誕生前を紀元前、キリスト誕生後を紀元後と言っているようである。大雑把に言うと、マホメットの五七〇歳年上がイエスで、イエスの五七〇歳年上が釈迦と言ってもいいのではないか。

時代は二十一世紀、場所は地球の上空である。釈迦とイエスとマホメットは、初めは日本上空で会って対談を始めることになったが、彼等は瞬間移動も出来るので、それぞれの誕生地を回りながら、地球を一周して地球環境も確認したいと思っていた。

マホメットが釈迦とイエスの先輩二人に声を掛けた。

「二十一世紀の多くの人間達は、地球を人間のためのものだと考え違いをしていると思いませんか」

この質問に強く同感したのは、一番先輩の釈迦だった。イエスとマホメットは天地創造の唯一神を信じているので、人間以外の生物や植物は神が創造した、最高傑作として人間が創造されたと思っている。ところが釈迦は、人間の生き方に目が向いているので、ヨーロッパを中心に発展してきた哲学的な考え方をしている。そして、大昔は人間も少なかったし、周囲の動植物が人間に影響を与えることが多かった。

「微生物がいて、植物が育ち、多種多様の動物がいるから、人間も生きていけるのですよね」

その釈迦の発言に、イエスも同感した。

「地球を造り、大洋と大陸を造り、植物や動物を造った神様に感謝を捧げて、二十一世紀の人間も、より良い地球になるように生きていくべきです」

人類が自分達の都合の良いことばかりを考え、人間にとって便利な生活ばかりしているので、二十一世紀の地球は全体的にバランスを失ってしまっている。人間が生きていけるのは、多種多様の生物達のお陰なのだ。

現在では、地球が温暖化しているのではないかと言われている。科学が進むのは良いことだ。でも、科学が人間の便利さだけに使われたら地球の将来はない。地球は決して人間だけのものではない。人間は地球の自然の恵みを受けて生活すべきなのだ。人間は確かに頭脳が発達している。優れた科学者も多く、たくさんの人々の努力で、とても人類にとって便利な生活になっている。しかし、そのために地球の環境に悪影響を与えているのは確かである。

大気だけでなく大洋も温暖化していて、海の環境も大きく変化している。しかも人間の科学で造りだしたプラスチックごみが、多くの海洋生物にも汚染を広めている。北極圏の氷も南極圏の氷も年々減少してきている。私達は両極の氷の減少を食い止めるべきなのに、なんと北極圏の氷が減少すれば、それらの水域に船舶の運航を増加させたり、開発を進めて天然ガス等の地下資源採取も計画されている。なんという強欲なことなのだろうか。人間の活動で絶滅した生物も多いし、このあたりで、地球は人間だけのものではないことを真剣に考えなくてはいけない。人間中心の考え方から離れて、他の動植物等の生物達との共生を考えなくてはいけない。

マホメットが更に言った。

「科学が進んでいるのは長年の人類の努力の積み重ねなのでしょうが、夜がこんなに明るいのは、人間の本来の動物としての生き方に反していませんか」

電球の発明で有名なエジソンは一八四七年誕生で一九三一年に死亡しているので、マホメットの時代には、当然電球等は無かった。

夜の明るさに、釈迦もイエスも驚いている。釈迦がマホメットに同調して言った。

「生き物には、昼を中心に活動する生物と夜を中心に活動する生物がいますよね」

夜行性動物にはコウモリ、メガネザル、フクロウ、ミミズク等がいるが、人間は昼に行動するのが一般的である。朝、目を覚まし、朝日を浴び、朝食を食べ、昼間活動し、太陽が沈んだら床に就き眠る。この人間としての当然の行動が、三者の考える人間の行動なのである。ところが現代では、夕陽が沈み暗くなったら、部屋の明かりを点け、テレビのある人はテレビを観たり、勉強好きな人は勉強したりしている。何も勉強してはいけないと言っているのではない。中国の『晋書』には、車《しゃ》胤《いん》は夏に蛍を集めてその光で本を読んだり、孫康《そんこう》は冬に雪を集めてその雪明かりで本を読んだという『蛍雪の功』という故事もある。明かりを点けて勉強するのは良いことだが、三者の考えは、夜暗くなったら人間は眠るものだというものだった。

石油や石炭を使って電気を作ったり、原子力発電をしてまでも人間は便利な社会を作っている。原子力発電をした後の使用済み廃棄物はどうなるのだろうか。人間は二十世紀の世界的な大戦で原子爆弾まで開発し、二十一世紀になっても更にもっと威力のある爆弾の開発を進めている。戦争で人を殺してしまう兵器が開発されることは、釈迦やキリストやマホメットを困らせているのは確かだった。

「世界中から戦争が無くなり、一日も早く世界が平和になってほしいですね」

とイエスが言って、更に言葉を加えた。

「科学が進んで、人々の生活が便利になるのはよいでしょうが、神さまが造られた地球を人間が壊してしまうのは本当に悲しいことです」

それを受けて、釈迦もマホメットも頭を大きく縦に振った。

人間は科学を発展させ続けている。二十世紀の科学の発展には目を見張るものがある。そして二十一世紀には、それに拍車をかけて発展し続けている。そのため、プラスチックごみの問題も原子力廃棄物の問題も地球温暖化の問題も人類の科学力によって全て解決出来ると、多くの人が思い込んでいる。ところが、それには全く根拠がない。地球上の人類の生活の仕方を真剣に考えて実行していかないと、環境の悪化への方向性は進んでいくだけである。釈迦もイエスもマホメットも共に将来の地球を心配していた。

マホメットが言った。

「お釈迦さまやイエスさまや私に関する国々の上空を訪問して、地球の様子を見てみませんか」

その発言に釈迦もイエスも同意した。

二、インドの上空で

三者にとって、地球上空を移動するのは簡単だ。多くの燃料を消費する航空機に乗る必要はない。やはりその能力は普通の人間を超えている。

マホメットはインドの人口が多いことに驚いた。

「中国も人口が多かったですが、インドも本当に多いですね」

マホメットに対して釈迦が言った。

「本当に多いですね。以前から中国の人口は多かったですが、もう数年するとインドの人口が中国を追い越すかもしれませんね」

そして、マホメットはイエスに言った。

「旧約聖書に、人類に対し『生めよ、増やせよ、地に満ちよ』という所がありませんでしたか。三千年も四千年も前には、地球上にはまだ人間は少なかったのでしょうね」

イエスも人口の多さに驚いて言った。

「中国もインドも、本当に人が多いですね。二十世紀の後半に、地球全体の人口が七十億人とか言っていましたが、二十一世紀になった今では七十七億人を超えているんですね。そしてこのまま増え続ければ、八十億人、九十億人、百億人となってしまいます。地球上の人口が増え過ぎると、食糧不足や水不足が発生してくるので、本当に心配ですね」

三者の悩みの種は増すばかりだった。

世界の人口が増えると食糧不足となる。人々が生きていくために今まで以上に食糧を生産しなくてはいけない。現在の食品廃棄を減らさなくてはならないことは当然だが、森林を破壊し、食物生産のための農地を増やすことになる。水も必要になる。現在でも世界的には水不足なのに、食物生産にはもっと水が必要になる。食糧不足や水不足の時代は確実にやって来る。環境破壊も同時に発生する。人間は自分達の便利さだけを求めてはいけないのではないだろうか。

また、人口が増えるのと平行して車も増え続けている。中国は車が増え、空気が汚染されている。次はインドの車が増えていく。その後は東南アジアやアフリカ等まだまだ車の数は増加する。電気自動車の開発などと言っているが、現実には車の増加とともに排気ガスも増加し、もっと地球の空気は汚染されていく。

燃料使用によって発生する排気ガスは、車よりも飛行機の方が遥かに多く、害もあり、宇宙に向けて発射されるロケット等は比較出来ない程、その量は多い。今では世界の各国から発射されているロケットは、数年前とは比較にならない程の数の多さとなっている。

マホメットが釈迦に言った。

「人口が増え過ぎると、食糧不足や水不足となり、紛争も発生してしまいます。排気ガスが多くなると大気が汚染されてしまいます。なんとかならないでしょうか。

ところで、インドの宗教は、仏教ではなくてヒンズー教なんですね」

釈迦が答えた。

「そうです。仏教は中東、中国、東南アジアへと広まりました。しかし、インドはヒンズー教です。牛は神聖なる動物なので牛肉は食べません。ヒンズー教はカースト制度という身分制度があるんです。実はこの身分差別が人間は全て平等であるという私の考え方と違っているのです。それも私の悩みでした」

更にマホメットが尋ねた。

「インドはパキスタンとの間で、カシミールの領土問題を抱えていますよね。領土問題にも困ったものですね」

「そうですね。時代とともにそれぞれの国々が領土を変化させてきています。残念なのは、戦争によって領土を広げたり、狭めたりしてきていることです。悲しいことです。地球が冷えて海が出来、その後陸地が出来、陸が移動しながら、二十一世紀の現在は今の形を造っていますが、地球は変化を続けているので今後も変化していきます。陸地は地球のものであって、現在の人間が我が物顔で私物化するのは困ったものです。世界の人々が協力して、みんなで地球を大切にしてほしいですね」

イエスも二人に同調した。

「そうです。人間はもっと謙虚にならなくてはいけません。神の意志に従って、相手を大切にして協力し合い、地球の海や陸地も大切にしてほしいし、戦争をしてはいけないという神の願いを大切にして、人間同士で戦争等で殺し合ってはいけません。どんな国々の人とも、愛情で結ばれることが大切です」

更に釈迦が言った。

「イエスさまが人は愛情で生きるべきだと言われましたが、その通りです。仏教で言うと慈悲の心ですね。仏が人々を哀れみ、苦しみを除くことですが、広い意見で思いやりの心でしょうか。二十一世紀の世の中も、複雑で解決が難しい問題がたくさんありますが、人々が慈悲の心で、それぞれの問題の解決に取り組めばもっとより良く、難しい問題も解決出来るのですがねえ」

戦争は昔から勃発していて、人間が死亡している。戦争より平和の方が良いのに、戦争は絶えない。三者はサウジアラビアへ向かった。

三、サウジアラビアの上空で

「サウジアラビアをはじめクウェート、イラク、イラン等中東諸国では、石油の生産量が多く、その石油は世界各地に輸出されて、火力発電等に利用されています」

とマホメットが説明した。

植物プランクトンや藻類が死亡し、海底で泥や砂で堆積物となる。遺骸はバクテリアで分解され腐植物質となる。そしてメタンガスを出す。堆積物は地下の熱や圧力で固くなり、炭素、水素、窒素、硫黄などの高分子化合物の集まったケロジェンとなる。それが地下深く埋没し摂氏百度以上の熱で分解され、原油となる。深さは地下約四千メートル。そのようになるには数万年もかかる。原油の出来た年代は二億五千万年前のペルム紀、二億年前のジュラ紀、一億年前の白亜紀が多い。その石油を発掘し、現在の人類が使用している。

マホメットは更に説明した。

地球の中心が内核で、なんと温度が摂氏六千度、その外が外核で、摂氏三千度の温度で、気圧は約三百万気圧もある。地球表面で生活している人間は、そんなことは全く感じていない。人間等の多くの動物や植物が生活しているのは地殻で、大陸地殻と海洋地殻。花こう岩等から出来ている上部地殻、その下が玄武岩等から出来ている下部地殻。石油等は当然地殻内である。地殻の下にモホロビチッチの不連続面があり、密度が変わっている。その下には大きな上部マントル、その下にもっと大きな下部マントル、その下に外核、そして内核となっている。

表面の地殻で生活している人間はあまりにも偉大なる地球のことに気が付かずに生活している。人類が地上に誕生してくるよりも遥か大昔に、地殻中で変化していった石油を、二十世紀と二十一世紀の人間が無残にも使い尽くそうとしている。

石油の生産によって、採掘権をもっている者と持っていない者との貧富の差が生じる。それだけでなく、石油によって戦争まで勃発してしまっている。

中東での石油発掘について発言した後、マホメットは釈迦とイエスに申し訳なさそうに言った。

「イスラム教を信仰する人々の中でも、シーア派とかスンニ派とか各集団によって紛争が起こっていることは本当に悲しいことです」

それを受け、釈迦が慰めるように言った。

「紛争を起こす極端なグループもいますが、マホメットさまが主張されたアラーの神を信ずる熱心な信者の方々が、心から世界の平和を祈っているではありませんか」

「それは嬉しいことで、私の思いが伝わっているのですが……。しかし、アラーの神の名の下で戦争をすることは、本当にアラーの神の思いは伝わっていないのです」

釈迦はイエスに、マホメットの気持ちを汲んで言った。

「イエスさま、仏教でもキリスト教でも、過去に同じ宗教や異教間での紛争は数え切れない程発生してしまったですよね」

イエスも同調して言った。

「そうです。仏教間でも紛争があったし、仏教とキリスト教、仏教とイスラム教、キリスト教とイスラム教と紛争は絶えません。イスラムのある一つの派が仏像を壊してしまったのは本当に残念です」

釈迦が中東仏像破壊に関して言った。

「イスラム教では偶像崇拝を禁止しているので、仏像を破壊していったのでしょうが、人によっては自分以外の人の写真を見てその人を思い出している人もいるのではないですか。その人は写真と、写真に写っている人物との違いは当然分かっていけます。つまり、仏像は本当の釈迦ではないのです。仏像を見て、釈迦を思い出しているのです。仏像は大切な文化遺産ですので、壊さないでほしいのです」

その釈迦の言葉にマホメットも納得した。

三者は次はイスラエルに行くことにした。

四、イスラエル上空で

イスラエルというと、二十一世紀の世界の平和に関して、非常に重要な地域となっている。イスラエルの首都エルサレム。ユダヤ教、キリスト教、イスラム教の聖地となっている。

釈迦、イエス、マホメットの三者の願いは平和である。決して戦争をしてほしくない。人間はそれぞれに考えの違いはあるが、あくまでも、話し合いをして、自分達の気持ちを伝えるだけでなく、相手側の考えに耳を傾けることが大切である。ユダヤ教の考え方と、キリスト教の考え方と、イスラム教の考え方との間で違いはあるかもしれないが、それぞれみんな同じ人間である。相手の主張をよく聞き、合致点をみつけていくべきである。

ユダヤ教はヤーウェを唯一神とするイスラエルの宗教である。旧約聖書にその歴史が語られている。イエスはユダヤ教の唯一神の布教のために専念していたと思われる。当時も民衆の生活は苦しく、争いは絶えなかった。そのような人々の中で、やがて救世主が現れると信じられていた。救い主キリストである。イエスは神は愛であると説いた。神は人々を愛して造られたのだから、人々は神を愛し、人間同士お互いに愛し合いなさいと説いていた。多くの民衆がイエスの話を聞くために集まり、弟子達も増えていった。面白く思わなかったのは、当時のユダヤ教の指導者達や王である。色々な理由をつけて、イエスをこの世から抹殺しようと計画した。「神の愛を実行する人は、神の子と呼ばれるだろう」という聖書の言葉を悪用した。イエスを十字架に掛けろと主張し、ティベリウス治世下ローマ人総督ピラトに告訴。遂にイエスは十字架に掛けられ処刑されてしまった。

ところが、各地でイエスは復活したという噂が広まっていた。そして、実際にイエスに会ったという人々が各地で証言していった。多くの人々がイエスはやはり救い主キリストだったと信じた。それらも含めて、数名の弟子達によって新約聖書が書かれた。イエスは救い主キリストだと言われ約二千年が経過した。キリスト教は世界中に広がり、多くの人々が信仰している。信仰によって、どれ程多くの人々がそれぞれの苦しみから救われてきたことだろうか。イエスは本当に救い主キリストだったということになる。

マホメットは、イエスより約五七〇年後の誕生だが、おそらくキリスト教徒だったと想われる。しかし、マホメットはイエスを預言者だと考えた。そして、唯一神アラーから啓示を受け、イスラム教を創設した。聖典はコーランである。マホメットも当時、迫害されたようだが、中東を中心にしてイスラム教は広がっていった。

マホメットもイエスと同様に、人々が幸せになり世の中が平和であってほしいという神に従い、神の望む良い行いをしてほしいと思った。しかし、人間には悪魔の囁《ささや》きがあり、悪事を行う人々もいる。なかなか争いは絶えない。イエスと同様に、マホメットも迫害をうけたのだった。二十世紀、二十一世紀にはイスラム教の宗派間の争いや他宗教に対する制圧が激しいようだが、実はキリスト教と同じように、世界の平和を願い人々の愛情を唱える宗教なのだ。

イスラエルの上空で、釈迦もイエスもマホメットも、心を込めて世界の平和を願った。

五、ヨーロッパの上空で

釈迦、イエス、マホメットの三者はヨーロッパ上空へ来た。

ヨーロッパでは、宗教はキリスト教が中心になっている。現在では、自由、平等、博愛の考え方が浸透しているが、過去においてはそうでもなかった。各国間の戦争もあったし、植民地を求めて世界に覇権を競っていた。

スウェーデン、ノルウェー、フィンランド等の北欧では福祉や社会保障が進んでいると言われている。まるで社会主義国家のようである。第二次世界大戦の頃は、社会主義や共産主義を目指す国も多かった。しかし、ソビエト連邦も中国などもなかなか社会主義や共産主義は根付かなかった。ソビエト連邦は崩壊し、ロシアはロシアに戻った。最近の中国はまるで資本主義のようである。それでいて政治の面では、共産党独裁政権から抜け出せていない。

世界の多くの国々では、独裁政治よりも民主政治を望んでいる。民主主義の反対が共産主義であるかのように言われるが、それは間違っている。民主主義の反対は独裁主義である。資本主義の反対が共産主義である。資本主義と共産主義の中間が社会主義ではないだろうか。

アメリカを中心として多くの国々が経済面で資本主義をとっているが、残念ながら貧富の差が広がっている。共産主義が定着しなかったのは、人間の物品に対する欲が原因ではないだろうか。他の人よりも優れていたいと思ったり、より豊かでありたいと思う優越心が働くからではないだろうか。人間として向上心があることは良いことではあるが、他人より上位に立ちたいがために、他人を貶《おとし》める人もいる。他にも共産主義を主張した過去において、宗教を重視しなかった点も大きかったのではないだろうか。

イタリアのローマにバチカン市国がある。宗教はキリスト教のカトリックである。サンピエトロ大聖堂で有名だ。その中の司教達は個人財産は持っていないと思われるが、全ての生活に必要な物資や金銭は全て教会から出費される。医療面や他の生活に必要なことは何不自由なく供給される。宗教面以外では、まるで共産主義の主張と共通している。日本では、皇室の皇族方が宗教関係以外では共産主義に近い。宮内庁で皇室に関係した全ての事務を扱い、個人財産は無いと思われるが、生活の全てが国家財産で運営されている。仕事は国家の重要な行事や政治関係以外での外国との友好的国際関係事業等本当に重要で大変な仕事だが、医療を含め生活に関する全ては、国家予算で保障されている。生活面での保障は共産主義の主張と同じだが、皇族方には選挙権が無いと思われる。一般人民下での共産主義なら、当然選挙権は有するはずである。やはり共産主義主張の当初から、宗教の自由は必要だったのではないだろうか。人が生活していくのに、心身に不自由な面のある人も、物資面で貧しく困っている人も、健康面で優れない人々も、全ての人々が安全で心配のない社会になると良い。

宇宙から地球を見ると、どこにも国境は無い。海と陸が有るだけだ。釈迦もイエスもマホメットも、人々に宗教の自由が認められ、経済面でも身体面でも精神面でも生活面でも全てで安心出来る世界になり、全ての人々が幸せである世の中になってほしいと思った。

六、アメリカの上空で

釈迦もイエスもマホメットも、アメリカ合衆国が世界中で大きな影響力があることは感じている。

太平洋戦争で日本はアメリカに負けたが、その後日本は戦争をしていない。ところが、日本に勝ったアメリカは、太平洋戦争の後も朝鮮戦争、ベトナム戦争、湾岸戦争、イラク戦争等多くの戦争をしている。太平洋戦争に負けた日本は日本国憲法第九条で、戦争の放棄を謳《うた》っている。「日本国民は、正義と秩序を基調とする国際平和を誠実に希求し、国権の発動たる戦争と、武力による威嚇《いかく》又は武力の行使は、国際紛争を解決する手段としては、永久にこれを放棄する」という条文は、日本は世界平和を望み、国際紛争の解決には戦争という手段を使わず、話し合い等の平和的な解決の手段を取っていくということだと受け取れる。諺に「負けるが勝ち」というのがあるが、日本は太平洋戦争に負けたことによって、戦争をしない平和を求めていく国になってきていることになる。

アメリカ国民の大多数は、本当は世界の平和を願っているものと思われる。それなのに戦争がよく発生してしまっているということは、アメリカの大統領はアメリカという国だけに影響があるだけでなく、世界の多くの国々に影響を与えていると言える。アメリカの大統領だけではないが、国の代表者は自分の国の利益だけを考えるのではなく、地球の人類全ての幸せや平和のために行動していくべきである。釈迦もイエスもマホメットも、これらのことを強く望んでいる。

宇宙へ向かっての人工衛星やロケット開発等は、アメリカよりもソビエト連邦が一歩先を進んでいた。一九六一年四月十二日、宇宙飛行士ユーリ・ガガーリンが地球圏外の宇宙空間を衛星船ウォストークで地球を一周した。

「地球は美しい。地球は青い」というガガーリンの言葉は有名である。

それに対しアメリカは一九六九年七月十六日、アポロ十一号を月に向かって打ち上げた。そして、七月二十日、アームストロング船長が月面に降り立った。アームストロング船長の言葉は、「一人の人間にとっては小さな一歩だが、人類にとっては大きな飛躍である」というものであった。

その後、宇宙開発は飛躍的に発展してきている。日本の宇宙航空研究開発機構は、はやぶさ2探査機を二〇一四年に打ち上げ、約三億キロメートル離れたリュウグウという小惑星に二〇一八年六月に到着させた。計画では、岩石サンプルを採集し、二〇二〇年十二月にその岩石サンプルを地球に持ち帰ることになっている。

このような宇宙開発に関して、釈迦とイエスとマホメットの間で、微妙な意見の違いが生じた。釈迦は人類の科学が進み、人間の能力の高さが飛躍的に進んでいることに感心した。ところが、イエスとマホメットは釈迦の考えに疑問を投げ掛けた。それは、人間が地球圏外に出ることは、生命の危険があるというものだった。天地創造の神は、この美しい地球の中で世物が生きていける環境を造った。地球の上空約百キロメートルまでで生物は生きていけるが、原則として地球と宇宙空間との間には防護壁という働きがあり、宇宙の危険物等は大気中で燃え尽きるような構造になっている。例外的な隕石が燃え尽きずに地上に落ちてくることもあるが、それは飽くまでも例外であって、人間は安全を考え原則を守ってほしいと主張した。

イエスもマホメットも釈迦と対立する気持ちは持っていない。釈迦も自分の主張を貫き通したい訳ではない。そこで三者は、地球から離れ、宇宙空間から地球を見てみることにした。

七、宇宙空間から

釈迦とイエスとマホメットは宇宙空間から地球を見て驚いた。美しい。青い地球は本当に美しい。地球の生物達にそして人類に、神は最高のプレゼントをしてくれているのだと強く感じた。

宇宙の数多の銀河の一つに天の川銀河がある。天の川銀河の中には無数の恒星が輝いている。その無数の恒星の中の一つが我々の太陽だ。太陽系はその太陽を中心として地球等の惑星が周回している。太陽系は天の川銀河の端を周回している。太陽の直径は地球の直径の約一〇九倍で、約一三九万キロメートルである。地球との距離は約一億五千万キロメートル。太陽を周回している太陽系の惑星は、太陽に近い方から、以前は水星、金星、地球、火星、木星、土星、天王星、海王星、冥《めい》王星と言われていたが、冥王星は小惑星の枠に入り太陽系の惑星から外され、海王星までの八つとなった。その八つの惑星の中で、生命が存在出来るのは地球だけである。太陽からの距離が、地球にだけ生き物が生きていける距離になっているようだ。

天の川銀河の端に太陽系があるが、太陽が誕生した頃は今の太陽とは違っていたようで、約五十億年前に原始太陽が誕生したのではないかと考えられている。その頃にはまだ地球は存在していなかった。それから約四億年もかかって原始太陽系が造られていった。原始太陽系はガスの温度が下がり、微惑星が多発し、お互いに衝突したり合体し合って惑星となっていった。太陽系の八つの惑星はこのようにして出来ていった。太陽が親で、八つの惑星達は兄弟達なのであろうか。

約四十六億年前、ガスや塵が集まった星間雲が収縮し、恒星である太陽を中心として高速で回る円盤軌道に惑星や小惑星や彗星等が誕生した。その中の一つが地球で、水星、金星、地球、火星は密度が高く主に岩石等から出来ていて地球型惑星と呼ばれ、木星や土星は巨大ガス惑星と呼ばれ、天王星や海王星は巨大氷惑星と呼ばれる。その頃の原始地球は現在よりも小さかったが、多くの微惑星の衝突で大きくなっていった。衝突のエネルギー熱で内側だけでなく、表面もドロドロのマグマで覆われていった。間もなく大きな惑星が地球に衝突し、飛び散った破片が集まって、地球を回転しだし、月となり地球の衛星となったといわれている。月は地球の子どもなのだろうか。

その後約六億年もかけて、マグマで覆われていた地球も冷えて固まり始め、地表面の温度も下がっていった。地球の原始大気中の水蒸気の水滴が雲となり、雨となり地表に降り注いだ。地表の岩石も雨で冷え、雨で原始の海が出来ていった。原始大気の二酸化炭素は海水に溶け込み、大気中の二酸化炭素が減り、温室効果が弱くなり地表の温度が下がっていった。岩石は水と科学反応をして元素が溶け出し、海水には塩類も含まれていった。

日本も宇宙開発の研究が進み、二十一世紀の現在、はやぶさ2探査機で小惑星リュウグウから、岩石サンプルを持ち帰ることにしているが、それは何故地球に生命が誕生したのかを探求するためである。現在の宇宙科学の研究によって、約四十六億年も前の地球誕生の謎が解明されるかもしれない。宇宙空間で小惑星が衝突し合いながら、やがて原始地球が誕生していく中で、燃えたぎる地球の中に生命の源が含まれていたのではないだろうか。

原始地球の海の中には、蛋《たん》白質の元となる物質が溶け込んでいた。化学変化によって遺伝子を伴った細胞が出来て、最古の生物が誕生した。原始の海の中で生命が誕生し、進化していく。そして生命は陸上へと上がっていった。地球誕生が約四十六億年前、その後約六億年もかけて海が誕生し、更に約二億年もかけてその海の中から原始の微生物が誕生した。植物性プランクトンや動物性プランクトン等が進化していき、海の中の生物が陸上に上がった。陸上でも植物や動物が環境に適応し、更に長い年月をかけて進化していった。

地球は太陽系の中の一つの惑星で、太陽を中心とした太陽系を回っている。太陽系は天の川銀河の端にあって、その無限の天の川銀河を回っている。大宇宙は天の川以外の銀河もあり、その大宇宙は約一三八億年前のビッグバンによって誕生したのではないかと考えられている。ビッグバンが天地創造だとすれば、原始地球の誕生は生命の誕生の源ではないのだろうか。

地球上空の宇宙空間から青い地球を眺めながら、マホメットが言った。

「永遠の時間の流れ、永遠の宇宙空間の広がりの中で、人間が地球上で誕生し生活していっているのは僅《わず》か数十万年に過ぎません。その人類が、四十六億年もの年月をかけて生命が生きていける環境になった地球を、人間の自分勝手な行動で、多くの生命が生きていけない地球にしてはいけませんね」

釈迦もイエスも同意した。そして更にマホメットが言った。

「私が約一五〇〇年前、イエスさまが約二〇〇〇年前、お釈迦さまが約二五〇〇年前に地球上で生活していた頃も、現在と同じように人間は悩み苦しみ、人間同士の争いも絶えませんでしたが、地球の環境は現在とは違って海や空気もずっと綺麗でしたね」

釈迦もイエスも、首を大きく縦に振った。そして釈迦が次のように加えた。

「地球の海や空気等の環境が、生き物が生活し難《にく》いものになっているのは、やはり人間がその原因を作り出しているのでしょうね。幸せとは決して物質的に豊かであるということではありませんからね。物質的に豊かになっても、人間は決して満たされません。大切なのは心の有り様《よう》ですからね」

それを受けてマホメットが尋ねた。

「お釈迦さま。お釈迦様は悟りを開かれたと言われていますが、二十一世紀の現代において、どのようにすれば悟ることが出来るでしょうか」

釈迦は少し考えて言った。

「例えば人間が百人いるとします。ある人がいて、全ての他の九十九人と良い人間関係が築けるかというと、そうではありません。人間全てが聖人君子ではありませんからね。いつの時代にも必ず悪い人はいます。人に対して悪口を言う人、苛《いじ》めをする人、傷つける人等たくさんいます」

と言った後、また少し考えて、人間は各個人において、その人の全てが善であるという人もいないし、いくら悪い人であってもその人が全て悪い事しかしないというわけでもない。そこで、どのような人間の位置関係にすると説明し易いか、イエスにヒントを求めた。

「イエスさま、どのような人間の位置関係にすると、説明し易いですか」

それを受けて、イエスが釈迦に言った。

「本当は人間を点数で表すことは出来ませんが、百点を満点とすると聖人君子のような立派な人は九十点台でしょうか。キリスト教で言う天使を百点とすると、悪魔は零点です。人間は天使と悪魔の間でしょうから、九十九点から一点だと、とりあえず考えてみてはどうでしょうか」

そのイエスの案を受けて、釈迦は考えながら次のように言った。

「そうですねえ。人間は一点から九十九点だと考えてみます。他人から悪口を言われたり、苛められたりして悩み苦しんでいる人がいるとします。その人は自分を五十点だと考えてみてはどうでしょうか。人間全体の平均だと考えるのです。そうすると、世の中には五十一点から九十九点までの立派な人もいるのです。そのような人を探し、自分の気持ちをそのような人に向けるのです。しかし、その反対にその人を傷つけるような一点から四十九点までの困った人もいるのです。不本意かもしれませんが、自分を大切に考えて、自分を悩ませたり苦しめたりする人々からは離れるしかありません。ペット等で悩む人もいますが、でも大きな悩みは人間関係が多いと思います。人間関係だけで考えてみると、やはり一点から四十九点までの人から離れるしかありません。もし物理的に無理なら、心理的に離れるのです。しかし、人間は改心して良い人になることも出来ます。改心することで、四十九点だった人が五十一点にもなるのです。そのような場合には、一旦離れても、また仲良くするようにするのです。世の中には、五十一点から九十九点までの人は必ずいるので、すぐに見つからなくても、いつも探していれば、いずれ見つかります。見つかったら、自分の心の中を打ち明けてほしいですね。もし見つからない場合には、仏教の教義に目を向けてほしいですね」

釈迦の言葉に相槌《あいづち》を打ちながら、マホメットが言った。

「でも、仏教の教義は難しいですよね」

釈迦も確かにそのように思ったが、なんとか分かり易く表現したいと思った。

「仏教の考え方を知らないと、『空』とか『無』とか『無我』とか『理』とか『法』とか確かに難しいですね。少し表現を変えますが『自然のエネルギー』『宇宙のエネルギー』『自然の真理』『宇宙の真理』『自然の法則』『宇宙の法則』等と表現してみてはどうでしょうか」

地球は約二十四時間で一回自転している。そして一年間約三百六十五日で、太陽を公転している。本当は微妙な差が生じるので、正確ではないが、一般的にはそのように言われている。地球が一日で自転し、一年で太陽を公転していることを、釈迦は『宇宙の法則』と言いたかったのだ。宇宙の法則によって、太陽や地球や月等、規則正しく動いていることは、イエスもマホメットも十分に理解している。

「悟るには、自分を苦しめる人々から離れ、自然や宇宙のエネルギー、真理、法則を知るように自分の気持ちを持っていくといいですね」

と、釈迦は言った。

マホメットはイエスにも尋ねた。

「イエスさま。救い主キリストとして、二千年以上の長い間世界中の多くの人々を救ってこられましたが、二十一世紀の今でも、苦しみから救いを求めている人々がたくさんいます。どのようにすれば救われますか」

それを受け、イエスが答えて言った。

「お釈迦さま、悟るために仏教の教義に目を向けてほしいと仰《おっしゃ》りましたが、私も、苦しんでいる人が救われるためには、キリスト教の教義に目を向けてほしいと言いたいですね」

マホメットはイエスの言葉を受け、

「キリスト教もイスラム教もたくさんの宗派がありますが、教義の核心は『愛』ではありませんか」

と言って、イエスを促した。

イエスは言った。

「仏教では、お釈迦さまが人々を哀れみ、苦しみを除くことを『慈悲』と言いますが、哀れみ慈しむということは、キリスト教でいう『神の愛』と同じだと思うのです。神は愛でもって人間を創造されたのだから、人間は創造主である神を愛し、更に人間同士でも愛し合わなければいけないということだと思うのです」

マホメットはイスラム教も同じだと思った。

イエスは更に加えて言った。

「救われるためには、人間は何処から来たのか知らなくてはいけません。人間だけでなく他の生き物のことも考えなくてはいけません。それは、お釈迦さまも同じ考えだと思います。それから神は全知全能であること、神が天地宇宙を創造されたのだから、この宇宙がどのように成立してきているのか、どのように誕生してきたのか等の宇宙の源を考えなくてはいけません」

マホメットは、イエスの言う全知全能の神、天地創造の神は、イスラム教のアラーの神と同じなので、イエスの言う内容が十分に分かった。

釈迦もイエスもマホメットも、宇宙空間から青く美しい地球を眺めながら、地球が永遠にこのまま美しく続くことを願い、そこで生活する世界の人々の幸せを祈った。

マホメットは、釈迦とイエスの言葉を受け自分なりに心の中で、次のように思い返していた。

「私よりも約五七〇歳年上のイエスさまと、更に約五七〇歳年上のお釈迦さまから、色々と話を聞かせてもらった」

しかし実は、マホメットの心の中では深刻な悩みがあった。それは、確かに昔は仏教に於いてもキリスト教に於いてもたくさんの戦争を行ってきている。しかし、二十一世紀の現在、世界中で最も熾烈な争いが多いのは、残念ながらイスラム教関係の争いであると、マホメット自身が感じているのだった。マホメットは釈迦とイエスの言葉を自分の心の中で咀嚼《そしゃく》し反芻《はんすう》していた。

「左手にお釈迦さまの悟りを握り締める。右手にイエスさまの救いを握り締める。お釈迦さまの悟りに達するには、まず離人間。自分を悩ませる人、自分を苦しめる人から気持ちの面で離れる。出来たら自分に理解を示す人を探す。もし自分に合う人に出会わなくても、自然のエネルギー、宇宙のエネルギーがどんなものか分かるように探究していく。多くの人々は時々嘘をついて、真実を隠そうとすることはよくある。社会を震撼させるような犯罪でも犯人を捜し当てられないことがある。しかし、いくら犯人が隠しても、真実として存在するのは確かだ。たとえ自分に分からなくても、自分を苦しめるものからは離れる。そして自然の真理、宇宙の真理を探究していく。全知全能のアラーの神には全ての真理は分かっているので、全て任せる。磁石は北をさすではないか。地球は南極点から北極点に向かって磁気が流れているが、人間の体には全く感じない。人間には何も感じなくても、地球上で磁気が存在していることは科学的に証明されている。地球は約二十四時間で一回自転しながら太陽を約一年かけて公転していく。しかし人間には、太陽や月や星々が東の空から西の空へと動いているように見える。実は地球が自転しているのだ。悩みを捨てて苦しみから離れ悟るために、自然の法則、宇宙の法則を探究していく。それがお釈迦さまの悟りだろう。

次にイエスさまの救いに達するには、生命の源について探究していかなくてはいけない。イエスさまの神もアラーの神も同じで、人類が誕生するよりも遥か前に地球上に生命を誕生させている。つまり原始地球が誕生した時に、地球の中に生命の源が内蔵されていたのだ。二十一世紀の現在、人間は人工知能を開発して、まるで多くの人達が人間の能力を超えたかのように思っている。本当にそうだろうか。コンピューターが発達し、今では世界中で多くの人々がスマートフォンを使用している。人間はロボットも開発している。それらを利用して、人間は便利になったと思っている人がいる。本当にそうだろうか。人間同士の不信感からなのだろうか、国防面でコンピューターや人工知能を使った兵器まで開発されてしまっている。宇宙を利用しての兵器も考えられている。各国が原子爆弾や、ミサイルでの弾道爆弾を今までよりももっと威力のあるものに開発を進めている。戦争の放棄を宣言している国でさえ、軍事で相手を攻撃する兵器をより攻撃力の強いものにし、軍事予算を増加させ続けている。もっと、その予算を平和な世界になるためのものに使えないのだろうか。世界の多くの国々が自国を守るための防衛に莫大な予算を費やしているが、その予算を人類の不信感を払拭し、信頼出来る方向へと持っていくために使用出来ないのだろうか。人類は人型ロボットまで造り、人工知能を開発し、まるで人間には何でも出来ると勘違いしていないだろうか。

約四十六億年も前に地球が誕生し、その中に生命の源が含まれていて、約四十億年前に原始海洋が出来て、約三十八億年前に原始海洋に微生物が誕生した。更に何億年もかけて原始の生命から無数の動植物の生命誕生へと進化していった。更に永い永い年月が経過していった。もし地球の誕生が生命誕生の源だとすると、イエスさまの神やアラーの神が「生命の誕生」と言っているのは、このことかもしれない。

そして更にその約三倍も以前にビッグバンによって大宇宙が誕生している。現在の宇宙科学では約百三十八億年前にビッグバンによって大宇宙が誕生したのではないかと言われているが、科学は日進月歩なのでこれらの年月は変更される可能性はある。しかし、約百三十八億年前のビッグバンが大宇宙の誕生だとすると、それこそ天地創造ではないだろうか。この大宇宙には、まだまだ人間が解明出来ていない真理が無数に存在するのではないかと思う。

イスラム教でいう、この宇宙の真理である全知全能のアラーの神、天地創造のアラーの神は、ユダヤ教やキリスト教でいうヤーウェの神と同じなのであろう。永い歳月をかけて地球から誕生してきた人類は、地上で人間が生きていけることに、全知全能の神、天地創造の神に感謝しなくてはいけない。

そのようにマホメットが心の中で考えていると、釈迦とイエスが「そうですね」と相槌《あいづち》を打った。マホメットは言葉には出さなかったが、釈迦にもイエスにも伝わっていたようだった。イエスが話題を変えて言った。

「二十一世紀の子ども達は恐竜を大好きらしいのです。勿論大人にも好きな人はたくさんいます。しかし、残念ながら、恐竜は地球上から絶滅しました。説によっては、鳥となって恐竜が進化した形で残っているとも言われていますが、一応六五五〇万年前に絶滅したと言われています。メキシコ沖に巨大な隕石等の小天体が衝突し、大規模な気候変動が発生し、壊滅的に、恐竜を含めて大量の動植物の絶滅が発生したようです。人類の祖先には旧人や原人や猿人等がいるようですが、その最初の人類が地球に誕生するまで、恐竜の絶滅後六千万年もの年月が経過したようです。恐竜が繁栄したのは約一億六千万年ではないかと言われているので、人類が地上に生存しているのは、本当に僅《わず》かな年月です。

何故ここで恐竜の絶滅を話題にしたのかというと、私は人類の滅亡を心配するからなのです。恐竜は自然現象によって絶滅しましたが、人類は人類によって滅亡してしまうかもしれないのです。原子爆弾が太平洋戦争の時、広島と長崎に投下されました。現在開発されている原子爆弾の威力は比較にならない程の破壊力へと進化してしまっています。世界各国の軍事力拡大は、その上限を知らない程、最新鋭のものとなっています。どうして人類の滅亡へと繋がる兵器に人間は力を注ぐのでしょうか。神から与えられた英知は、人間が信頼し合って、全ての人々の幸せのために使われるべきなのではないでしょうか。大切なのは人間同士の信頼です。国家間で対立があるのなら、その国の指導者達が話し合いによって信頼し合わなければいけません。

神は地球を人間だけのものとして創造したのではありません。人間は自分達のためだけに、自然環境を壊してはいけません。父なる神は、愛によって人間を創造されました。その人間は、父なる神を愛し、人間同士で博愛の心で生きなくてはいけません」

それを受けて、釈迦が言った。

「そうですね。マホメットさまが考えたことは、悩みや苦しみを持つ人々の生き方を示していますし、イエスさまが仰ったことは、人類としての大切な生き方を示していますね。でもこの地球上空から、この青く美しい地球を見ていると、まだ希望を持ってもいいのではないかという気もします。上空から二十一世紀の地球を見ると、本当に科学的に発展していると感心します。でも現在でも仏教やキリスト教やイスラム教を信仰する立派な人達がたくさんいます。私達も人類が信頼し合って、より良い人間社会、より美しい地球環境になっていくように祈りましょう」

宇宙空間から、青く美しい地球を、温かく穏やかな目で見守りながら、釈迦とイエスとマホメットの三者は強く手を握り合った。

完

あとがき

私は、釈迦のこともキリストのこともマホメットのことも詳しくは知りません。でも、『探究』の作品として登場させて貰いました。

仏教関係者の方々、キリスト教関係者の方々、イスラム教関係者の方々、本当に申し訳ありません。私の勝手な考えですので、各宗教の本質とは違うと思いますが、どうぞお許し下さい。

現在は非常に科学が発展してきているので、二十一世紀の人類は、人類が発生させてしまっている環境問題等を全て科学の力で解決出来そうな気持ちになってるのではないでしょか。豊かで贅沢な生活を続けても、科学がもっと発展し、プラスチックの問題も動植物が滅亡してしまう問題等も、全て科学の力で解決出来るのではないかと思っているのではないでしょうか。

二十一世紀には、東南アジアが今まで以上に経済発展をし、車や電化製品等が普及していくそうです。二十世紀後半には日本が経済発展をし、その後韓国や中国が発展し、インドへ。そして東南アジアが発展し、アフリカが更に人口が増加し、経済発展していくのだそうです。世界全体が経済発展をし、物質面で豊かになれば、それで本当に人間が幸せになっていくのでしょうか。地球の人口は更に増加し、水不足や食糧不足が発生します。環境破壊はもっと進み、きっと争いは絶えません。二十一世紀の現在、世界中で、「人々が幸せになるには、どのような行動を取っていくべきなのか」ということを考えて、世界中で協力して実行していかなくてはいけないのではないでしょうか。

宗教に対する考えは、人によって違っています。私がこの作品に書いたのは、本来の仏教、キリスト教、イスラム教とは全く違っていると思いますが、慈悲の心、思いやりの心、博愛の心は、人間の幸せと関連のある共通したものではないかと思いました。

私はイスラム教の聖典『コーラン』を読んだことはありません。イスラム教のことも知りません。日本ではイスラム教には馴染《なじ》みが薄いと思います。

キリスト教の旧約聖書や新約聖書は、私の青春初期の頃、少し読んだくらいで、ほとんど読んだことはありません。キリスト教は本来、カトリックに起源があるのでしょうが、十六世紀にドイツのルターによって宗教改革が行われ、その後様々なプロテスタントの宗派が生まれていきました。その後それぞれの違いを乗り越えて、各宗派の新教もお互いに協力し合っているのではないでしょうか。

複雑で難しいのは仏教です。「人間はどのように生きていけば良いのか」を問うという人生哲学だと思うのです。釈迦は紀元前約五七〇年ルンビニーで誕生し、カピラ国サーキヤ族の浄飯王《じょうぼん》の長男で王子でしたので、物質面で裕福でしたが、老、病、死の苦しみの前には、金や地位や名誉や享楽も生きていく本当の価値にはならないと思ったのではないでしょうか。「悟り」を開くにはどうすれば良いのかと、厳しい修行に明け暮れたと言われています。安逸《あんいつ》や快楽では本当の満足は得られません。しかしその反対の極端な苦行をしても悟りには至らず、両極端に偏《かたよ》らない中道が良いのではないかと思ったようです。

有能なスポーツ選手でも、トレーニングをし過ぎると身体を故障してしまいますし、努力せずに怠けていると平凡な選手で終わってしまいます。政治的主張の右翼や左翼でも行動が極端になると、戦争へ発展してしまうこともあります。自分の意見と相手の意見が食い違った場合でも「負けるが勝ち」とか「逃げるが勝ち」という諺もあるのです。自分の意見を一旦引き下げておくと、その後相手が自分の意見を理解してくれる時が来るかもしれません。

仏教はチベットやモンゴルや中国に伝わり、スリランカや中東やタイ等の東南アジアにも伝わり、日本には六世紀、朝鮮半島の百済《くだら》を経由してもたらされたと言われています。

日本では、聖徳太子が仏教思想を取り入れて政治を行い、日本を統治していきました。飛鳥時代、奈良時代、平安時代と仏教は日本に定着しました。法隆寺等のお寺や東大寺の大仏等の仏像もたくさん作られています。平安時代に最澄が比叡山延暦寺を建て天台宗を広め、空海が高野山金剛峯寺を建て真言宗を広めました。鎌倉時代になると、法然が浄土宗、親鸞が浄土真宗、一遍が時宗を広めました。栄西の臨済宗、道元の曹洞宗は禅宗です。そして日蓮の日蓮宗では法華経の題目を唱えるという方法で仏教を伝えていきました。開祖や宗派によっても主張が違うので、統一した考えは難しいのですが、仏教の基本的考えは、元祖である釈迦の悟りに戻ればいいのではないかと思います。アジアでは、仏教が広がりましたが、インドネシアではイスラム教、フィリピンではキリスト教の信者が多いようです。そして、中東では何といってもイスラム教が主流です。そしてたくさんの宗派があって民族によっても宗派が違うので、どうしても対立が発生してしまっています。二十一世紀の現在でも、抗争が発生し継続しています。過激派によっては、イスラム教の他宗派を攻撃したり、ユダヤ教やキリスト教関係の人々を攻撃したりしています。イスラム過激派でなくても、イスラム教関係国間で対立があるようです。サウジアラビアとイランは両国共、イスラム教徒が多数を占める大国同士です。イスラエルとイランの対立は、ユダヤ教とイスラム教の対立でしょうか。ヨーロッパやアメリカでは、宗教関係ではキリスト教徒が多いようです。イスラム教の過激派がアメリカを敵視するのは、二十世紀後半や二十一世紀当初にアメリカが中東の国々で何度も戦争をして、多くの中東の人々が犠牲になったからでしょうか。

もう戦争は御免です。二十一世紀には、世界中の人々が一つの地球の同じ人間同士だという気持ちになって、困難な問題も話し合いでもって平和的に解決していってもらいたいものです。

約一三八億年前にビッグバンで宇宙が誕生し、約五〇億年前に原始太陽が誕生し原始太陽系を造り、約四六億年前に原始地球が誕生したであろうと、現在の宇宙科学では考えられています。地球の表面マグマが冷えて原始の海が出来るのに六億年もかかり、約四〇億年前にようやく原始の海に単細胞の微生物が誕生したようです。原始の植物や動物が、海から陸上へと上がり、生命が地球上で進化していくようになりました。

人類が地球上に誕生してきたのは、長い生物の歴史からすると、本当に短いですが、猿人、原人、旧人と経過し、現在の新人の出現は数十万年前のようです。やがて人類は文明を作るようになり、約五千年前にメソポタミア文明、エジプト文明、インダス文明、中国文明等の集団での文明を作り、その後急速に人間中心の社会を作っていきました。二十世紀の後、二十一世紀には人工知能を開発し、地球環境を破壊しながらも、その進歩は破竹の勢いで進化し続けています。どうしても人類は一旦立ち止まって、人間以外の生物や地球環境のことを考え直した方が良いような気がします。

人間は無限ではなく、有限です。地球環境を改善し、慈悲の心、思いやりの心、博愛の心に満ちた平和な世界になるといいなあと思います。

参考文献：学研の図鑑『地球・気象』学習研究社
『仏教のすべて』日本文芸社
『実物大恐竜図鑑』小峰書店

［著者略歴］

服部　達和（はっとり　たつかず）

著書　『生きる　女優吉永小百合が中学生だった頃
　　　一体誰を好きだったのか』（2012年　鉱脈社）
　　　『景子の碧い空』（2018年　鉱脈社）

景子の青い海

33

二〇二〇年三月十六日印刷
二〇二〇年三月二十六日発行

著者　服部達和©

発行者　川口敦己

発行所　鉱脈社
〒八八〇-八五五一
宮崎市田代町二六三番地
電話〇九八五-二五-一七五八

印刷
製本　有限会社　鉱脈社

印刷・製本には万全の注意をしておりますが、万一落丁・乱丁本がありましたら、お買い上げの書店もしくは出版社にてお取り替えいたします。（送料は小社負担）

© Tatsukazu Hattori 2020